生き方の原則

――魂は売らない

ヘンリー・デイヴィッド・ソロー

山口晃・訳

文遊社

目次

生き方の原則——魂は売らない

つい先日のことですが、ある講演会にいったところ、講演者が自分でよく分かっていないテーマを選んでいて、私は少しも楽しめませんでした。彼の講演は、誰がなんと言おうとこれだけは譲れないという大事なことではなく、どうでもいい、中身のないものでした。それなので、本当に大切なものをぎゅっとつかむような思想はその講演にはありませんでした。詩人のように、自分だけにしか語れない経験をとりあげてくれたほうがよかったでしょう。これまで私が最も丁重に扱われたと感じたのは、ある人が私の考えをたずね、その答えにその人がじっと耳を傾けたときでした。こういうとき、私は嬉しくなり、同時におどろきます。その人が道具の使い方になれているかのように、私という人間をみごとに使いこなしているからです。普通、人々が私に求めるのは、私が測量士なので彼らの土地を何エーカーと見なすかとか、せいぜい私が関わったつまらない事件についてだけです。彼らはけっして私が何を考えているかを熱心に知ろうとすることはないでしょう。欲しいのは私の殻のほうなのです。かつてある男がかなり遠くからやって来て、私に奴隷制について講演してくれと頼みました。しかしよく話をきいてみると、講演の内容の大半は彼とその仲間の意見を代弁し、残りのほんのわずかだけ私の意見を述べるよう望んでいることがわかったのです。それで断わりました。これまで多少仕事として講演をしてきているので言うのですが、講演の依頼があるということは、たとえ自分が国一番の愚かな人間であったとしても、そのテーマに関し私の考えていることについて聞いてみたいという聴衆の願望が当然あるということでしょう。そして耳に快い、聴衆が同意することしか話してはならないなどということではもちろんないはずです。私は、私の考えを主張します。私を迎えに来てくれ、講演料を払うと約束してくれたのですから、聴衆のみなさんが前例のないほどうんざりすることになるとしても、自分の考えを話そうと心に決めているのです。

ここにおいでのみなさんにも、同じことを言いたいのです。私の聞き手はみなさんです。私はそれほど旅をした人間ではありませんから、遠く離れた場所の人々のことについてではなく、できるだけ身近なテーマを選びます。時間が限られていますので、おせじは一切抜き、批判だけを言いましょう。

まず、私たちの生活について考えてみます。

この世界は商売にあふれています。何といつもざわめいているのでしょう。ほとんど毎晩、私は機関車のあえぐ音で眠りを破られます。それで夢はとぎれてしまいます。真の安息日がありません。一度ぐらい人類がゆっくりとくつろいでいるのを眺められたら、どんなにいいでしょう。ところが、仕事、仕事、仕事ばかりなのです。考えたことを書きこむ白紙のノートさえ簡単には手に入りません。しかもそのノートには、金銭が書き込めるようにたいてい罫《けい》が引かれてしまっています。私が野原でメモをとっているのを見たアイルランド人は、まちがいなくあれは日当の計算をしているな、と思ったのです。たとえば子供のとき窓から落ちて生涯不具となったり、インディアンにおびえて気が狂ってしまったりすると、これではもう商売につけないというので、その人はみんなから気の毒がられます。このひっきりなしの商売、これほど、詩、哲学、いや、人間が生きることそのものに反しているものはないと思います。犯罪でさえもまだそれほどではありません。

私たちの町のはずれに、金もうけばかり考えている荒くれ者がいて、丘の下の自分の牧草地の端に沿って境界用に土手を築こうとしています。神々は、彼が他のことで私たちに害悪を及ぼさないようにこんなことを彼に思いつかせたのです。そして彼は私に三週間のあいだそこの土掘りをいっしょにしてほしいと言うのです。そんなことをしてさらにお金をためこみ、跡取りたちに残したとしても、彼らが遺産を食いつぶしてしまうのが目に見えるようです。私がこの仕事を引き受ければ、勤勉で働き者だとたいていの人はほめてくれます。しかし、私がほとんどお金にはならないが、もっと真の利益をもたらす労働にいっしょうけんめいになると、私は怠け者と見なされてしまうのです。しかし、はっきり言っておきますが、そういう私にお説教してくれる警察官は必要ありません。また私たちの政府や外国の政府のしていることも、身近な警察官のしてくれることも、私にはたいしたことではありません。警察官や国の政府にとってそうした事業や仕事は面白いことなのかもしれませんが。ですから私はそれとは違う学校で自分なりの教育を終わらせたいのです。

森を愛し、半日を森の中ですごしていると、その男はのらくら者という烙印を押されてしまいます。しかし、この森を刈り込み、大地にその本来のはたらきをまっとうさせず、樹木をとにかく伐採してしまう山師として丸一日暮らすと、彼は勤勉で進取の気性に富んだ市民だと重んじられるのです。まるで町が森にたいしていだいている関心は、それを伐り倒すことだけであるかのようです。

石垣の向こう側に石をほうり投げ、つぎに元の場所に投げ返す仕事をすれば日当を出すと言われたら、たいていの人は侮辱されたと感じるでしょう。しかし、いま多くの人がしている仕事はこれと似たりよったりです。こういうことがありました。ある夏の朝、まだ日が昇ったばかりの時刻に、私は、石運搬用の車軸にぶらさがった重い切り出し石をゆっくり引いている牛たちとそのかたわらを歩く隣人の一人に気づきました。いかにも働き者の様子でした。勤勉な一日の始まりなのですから。額には汗がにじみます。こういうのを見ると無精者や怠け者はまいります。彼は牛と肩を並べて一息つき、なかばうしろをふり向きながらなんとか一歩進ませてやろうと鞭を一振りすると、牛のほうはやっと身の丈分《たけ》だけ先へ進みます。それで私は思ったのです。「アメリカ議会が存在しているのは、こうした労働を守るためなのだ。誠実で男らしい文字通り正直な骨折り仕事。これが働く者の食事をおいしくし、社会を住みやすいものにしてくれる。今でもあらゆる人がそれを尊敬し、これまでも神聖なものとみなしてきた。彼こそ、必要ではあるがめんどうな骨折り仕事をする神聖な軍団の一人である」。実は、私はこのときいくらかうしろめたい気分を感じていたのです。というのも、この情景を窓から眺めていて、彼のように外で仕事に精を出していたわけではなかったからです。その日の夕方、私は別の隣人の家のそばを通りかかりました。その主《あるじ》は、たくさん使用人をおき、お金を無茶苦茶に使うのです。それでいて社会に役立つことは何ひとつしない人でした。そこに今朝のあの石があったのです。金持ちの商人として有名なあのティモシー・デクスター卿のように、邸内を引立たせようとしている奇抜な建物のかたわらに置かれていました。その瞬間、苦労して牛をひいていたあの男の労働が放っていた尊さが消えうせました。太陽はこういうことのためではなく、もっと価値ある骨折り仕事に光を注ぐため創られたはずです。ついでに言いそえておきますと、彼の雇い主は、その後は町のかなりの数の人から借金したまま逃げてしまいましたが、やがて衡平法裁判所で裁かれ、どこか別のところに落ち着き、再び芸術のパトロンになったそうです。

お金が手に入る道は、人を堕落させます。例外はないと言ってよいでしょう。みなさんがお金を稼ぐためだけに何かをしたというのであれば、それはむなしいことです。いや、もっと悪いでしょう。もし、働く者が雇い主の払う日当の他に何も手にするものがないとしたら、彼はだまされているのです。そして自分で自分をだましているのです。作家か講演者としてお金を得ようと思ったら、人気者にならねばなりません。それはもうただ堕ちていくことです。町や村が快く報酬を支払おうとする公共的な仕事であっても、引き受けるとなると、きわめて不愉快な面が見えてきます。その報酬は、人間以下のものとなることにたいして支払われるのです。だからといって国家の方が一般に町や村よりも、非凡な才能ある人をきちんと優遇しているわけではありません。桂冠詩人といえども、王室の儀式を祝う詩など、できれば書かないですませたいと思っているでしょう。桂冠詩人は、ぶどう酒の大樽で買収されているにちがいありません。そして、たぶんその大樽の容量を測るためには、別の詩人が詩神から呼び出されているのです。私の仕事についていえば、私が最も満足できる測量の仕事と、依頼人が望むものは、同じではありません。私が仕事を雑に行ない、あまりていねいすぎないことを、つまりややいいかげんにすることを望んでいるのです。測量の仕方もいろいろあると私が言いますと、雇い主はどの仕方が最も正しいかとたずねるのではなく、自分の土地が最も広くなる仕方をたずねるのが普通です。私はかつて薪《まき》の束を測る物差しを考案して、それをボストンで使ってもらおうとしました。しかし薪を測定するボストンの担当者の話はこうでした。売り手は自分たちの薪を正しく測定してもらいたがらず、その担当者でもすでに正確すぎるらしく、売り手はたいてい橋を越える前に、チャールズタウンで薪を計らせているというのです。

何のために働くのですか。生計を立てるためですか。「よい仕事」を見つけるためですか。ちがいます。ある仕事を心から満足のいく形で仕上げるためです。働く人に十分な支払いをするとしても、単に生活のためというような、低い目的のためではなく、働く者が知識にふれ合う、あるいは道徳的な目的のために働いていると感じられるとしたら、そのほうがお金を支払う町にとっても結局は有益でしょう。町のみなさんは、仕事をお金のためにする人間でなく、その仕事を愛している人を雇うべきです。

自分の気に入った仕事に心ゆくまで専念している人が非常に少ないのに、ほんの少しのお金や名声に目がくらんで今している仕事を捨ててしまう人が多いのには、驚きます。「活発な若者を求む」という広告を目にしますが、これではあたかも活発さだけが若者のとりえのようです。それにしても、私にはすることが何もなく、これまでの私の人生はまったく失敗だといわんばかりに、成人であるこの私に、いっしょに事業に乗り出すよう自信たっぷりに誘った男がいたのには、さすがにびっくりしました。私にたいするお愛想のつもりで言ったのでしょうか。もっとも彼としては、大洋のただ中で風に逆らいつつ、目的地もわからずに往生している私に出あい、いっしょに来るよう誘ってくれたということなのかもしれません。もし、私が彼といっしょに行ったなら、海上保険業者は何と言ったと思いますか。もちろん私は、人生の船旅で、失業などしていません。本当のことを言いましょうか。子供のころ故郷の港をぶらついていて、熟練した船乗り求む、という広告を見たのです。それなので成年に達するとすぐに船出しました。

町や村でさえも、賢い人を賄賂で誘惑することはできません。みなさんは山にトンネルを掘るために必要な資金を集めることはできます。しかし自分の本当の仕事にじっとたずさわっている人間を買収するほどのお金を集めることはできません。腕ききで貴重な人は、自分の仕事に報酬が出る出ないにかかわらず、町や村のために自分のできることをするのです。無能な人は、自分の無能をなるべく高く買ってくれる人を探します。そしていつまでもそうした役職についていようとします。彼らの期待が裏切られたことはめったにないのでしょう。

私は自分の自由に関して、普通の人より用心深いのかもしれません。社会に対する私の結びつきと義務はあいかわらず非常に稀薄で、一時的なものだと感じているのです。自分の暮らしを保ち、同時代の人々にもある程度は役に立っている私のささやかな仕事は、私にとってはひとつの喜びです。そしてその仕事が必要に迫られたものと思ったことはほとんどありません。今のところ私はうまくやっています。しかし、もし私の欲望が大幅に増えるようなことになると、それを満たすための仕事はこれまでとはちがう単調ないやなものに変わるでしょう。私が自分の時間を午前も午後もそっくり社会に売り渡してしまうと、どうもたいていの人はそうしているように見えるのですが、それだと私には生きるに値するものが残らなくなってしまうのです。私はこんなふうに、自分の生れながらの権利を、『創世記』にあるように、一椀の羹《あつもの》のために売ることはしないつもりです。私には、これだと人は非常に勤勉だとしても、自分の時間を本当に使っているとは思えないのです。人生の大半を収入を得ることだけに費やしてしまうほどとり返しのつかない失敗はありません。あらゆるすぐれた営みは人によりかかっていてはできません。たとえば詩人は自らの詩で肉体を支えます。蒸気力を利用する製材所がそこで出るかんなくずを使ってボイラーを燃やすように。生計を立てるということは、利益に無関係に、骨身を惜しまないことなのです。これが本来の生き方だとしたら、商人一〇〇人のうち九七人は誠実さという点で欠けたところがあるといわれているのと同じように、人々の生活はだいたい本当の状態からそれており、これではきっと破綻《はたん》をきたしてしまうでしょう。

この世にただ財産の相続人として生まれるというのであれば、生まれたということにはなりません。これではむしろ死産児として生まれたといったほうがよいでしょう。友人のお情けや国家の年金で養われることは、それでも生きつづけるとしての話ですが、お情けや年金をどんなりっぱな同義語でいい換えても、救貧院に入るのと少しもかわりません。日曜日ごとに、人生のマイナスを背負った哀れな人は自分にのこされたものを計算するため教会に行くのですが、もちろん、自分の人生はプラスよりはるかにマイナスの方が多いことを発見するのです。とくにカトリック教会では、彼らの法廷である懺悔室に入りすべてを告白し、すべてを委ね、もう一度やり直そうと考えます。仰向けに寝転がって人間の堕落について語り合うのですが、自分で起き上がろうという努力はしないのです。

人々が人生に求めるものは何ですか。ふたりの人がいるように思います。一人はあたりはずれのない成功に満足します。つまり銃を水平に構えて標的を狙うので、みな命中します。もう一人のほうは、生活は貧しく、出世街道から離れていますが、地平線よりわずかでも高いところに、絶えず自分の目標を上げていきます。私は後者のようになりたいのです。東洋人がいうように、「いつも下ばかり見ている人は、すぐれたものに出会うことはなく、上ばかり見ている人はみな貧乏になっていく」ことは確かでしょうが。

生計を立てるという大切な問題について、ほとんど、あるいはまったく思い浮かぶ書物がないのは驚くべきことです。私が言いたいのは、生計を立てることを、単に誠実で立派であるだけでなく、魅力的で光輝くものにする方法についてです。というのも、もし生計を自ら立てるということがすばらしくないのなら、生きるということもそうでなくなってしまうからです。文学の方面を見ても、孤独な黙想にひたることをやめて、この根本的な問題に取り組むことがなかったのではないかと思われるほどです。それは、人々がこれまで経験してきたことにうんざりしてしまい語りたがらないということなのでしょうか。金銭的な価値には限界があることを、創造主があれほど骨折って私たちに教えようとしたのですが、どうやら私たちはきれいさっぱり見過ごしてしまうようです。生活の方法という重要なことについて、いわゆる改革者を含むあらゆる階層の人々が、それにまったく無関心だということは本当にふしぎなことです。彼らの生計の立て方は、相続だったり、稼いだり、盗んだりと、いろいろですが。この点では、社会という組織が私たちのために何かしてきたとは思えません。少なくともしたことを無にしてきました。私の体質には寒さと飢えのほうが、人々が寒さと飢えを防ぐためにとり入れたり勧めている方法などより、性に合っているようです。

「賢い」という言葉はかなりの場合、誤って用いられています。他の人々より生き方に深く通じているわけでないのなら、つまり、他の人より狡猾で頭が切れるというだけなら、どうしてその人が賢い人と言えるでしょうか。知恵の女神は囚人に課せられる踏み車を踏むような単調な仕事をするでしょうか。あるいは彼女をまねすることで成功の秘訣を教えてくれるのでしょうか。そもそも人生に適用されない知恵というようなものがあるのでしょうか。知恵の女神は、論理を石臼で碾《ひ》いて精緻なものにする粉屋にすぎないのでしょうか。プラトンが同時代人よりもすぐれた方法で、すなわちずっと手際よく生計を立てたのか、それとも彼もほかの人々と同じように生活の労苦にうちひしがれていたのでしょうか。これは実は今私たちが考えている問題にとても関係があるのです。彼はそうした労苦をどうも克服していたように見えますが、それはただ無頓着なためだったのでしょうか。それとも気品のある態度によってだったのでしょうか。あるいは彼の伯母が遺産を残してくれたので生活が楽になったためでしょうか。生計を立てる、つまり生きるということでも大切なことが、ほとんどの人にとって、当座しのぎ、人生の真の務めからの逃避となってしまっています。その理由は、主として彼らがそれ以上のことを知らないからなのですが、それ以上のことを知ろうとする気がないからでもあります。

たとえば、カリフォルニアへのゴールドラッシュ、そしてそれにたいする商人だけでなく、いわゆる思慮深いといわれる人や代弁者の態度は、これ以上ないほど人類を辱めるものです。非常に多くの者が運をたよりに生き、社会に何も貢献しようとせず、自分より不運な他の人々の労働を思い通りにする方法を手にしようとしています。それが事業と呼ばれているのです！　私は、商売と、収入を得るという世間一般のやり方にひそむ道徳の欠如がこれほど驚くべき発展をとげた例を知りません。このような人類が哲学、詩、宗教をもっていたとしても、それは、埃茸《ほこりだけ》の埃ほどの値打ちもありません。鼻で地面を掘ったり、ひっかきまわしたりして食物を得る豚でさえ、こんな人間との交際を恥じるでしょう。もし私がほんの少しの労をとるだけで世界の富を自由にすることができるとしても、私はそのほんの少しの代償を払おうとは思わないでしょう。マホメットでさえ、神様が冗談にこの世を創ったのではないと知っていました。ゴールドラッシュ以降、金持の紳士が神にとってかわりました。そしてこの紳士は小銭を奪い合う人類の姿を見物しようと一握りの小銭をばらまきます。この世界がまるごと富くじなのです！　自然界にある生活の糧が、くじでひきあてられるものになるとは、私たちの社会制度に対する何というあきれた解釈であり皮肉でしょうか！　これでは結局人類は木に首をくくることになるでしょう。古今東西の聖典が人間に教えた教訓はこんなことだったのでしょうか。そして、人間の最後の、最も賞賛に値する発明は、こうした本当に価値があるとはいえないものをかき集めるため改良された態手だったのですか。これが東洋人と西洋人が出会う共通の場所なのですか。神様は、私たちが種まきの努力をなんらしていないところで、生活の糧を得るよう導き、ひょっとして金《きん》の塊で私たちに報いるとでもいうのでしょうか。

神は正しい人に食物と衣服を与えると保証しましたが、よこしまな人が神の貴重品箱の中に保証書の写しを発見し、それを盗み出し、正しい人と同じように食物と衣服を手に入れたのです。それは世界にこれまであらわれた最も大規模な偽造団のひとつです。私はまさか人類が黄金の欠乏症に苦しんでいるとは知りませんでした。ほんの少量の黄金は私も見たことがあります。黄金はたしかに打てば伸びますが、人間の知性ほどではないと思います。一粒の黄金で広い表面を金めっきすることはできますが、一粒の知恵ほどではありません。

山の峡谷にいる砂金掘りは、サン・フランシスコの酒場にいる彼の仲間と同様まったくのばくち打ちです。泥を振ろうがさいころを振ろうが、違いはないのです。どちらの場合でも、当たる人がでれば社会は損をします。彼らに対して規制を設けたり彼らから補償をもらうとしても、砂金掘りは真面目な労働者の敵であることに変わりはありません。黄金を手に入れるためにたいへん苦労をしたと言うでしょうが、それでは私は納得できません。悪魔だってたいへんな苦労はするのです。罪人の道にもいろいろと困難はつきものです。ひかえめな人でも、鉱山に行ってよく気をつけて見れば、砂金掘りは富くじのような性質のものだとわかります。そしてそのように話します。あのようにして得られた黄金は、真面目な労働によって得られた賃金とはまったく別物だからです。しかし残念ながら、自分が見てきたものをほとんど忘れてしまいます。彼は事実を見ただけであってそこに含まれる本質は見ていなかったからです。そして彼も商売を始めます。実体が最初ははっきり現れていないが、結局は富くじにすぎない切符を一枚買うのです。

ある夜、オーストラリアの砂金掘りについて英国の作家ハウィットの説明を読んだために、一晩中私の心に次のような光景が次々に浮かびました。渓流のある数々の谷に、すべて深さ一〇フィートから一〇〇フィート、幅六フィートほどの汚れた竪坑が境を接して掘られ、その穴には半ば水がたまっています。そこが、富を捜し求めて男たちの殺到する現場なのです。どこを掘るべきかはっきりとはしていません。意外にも金は彼らのテントの真下にあるのかもしれません。鉱脈を掘り当てるまでに一六〇フィート掘ることもあれば、一フィートの差で当て損なったりします。富を渇望して鬼となり、他人の権利を顧みることなどいっさいありません。三〇マイルにわたって谷間全体が採鉱業者の掘った穴によってたちまち蜂の巣のようにされました。そして何百人もの人が溺死しました。彼らは水につかり、泥と粘土にまみれて、昼夜の別なく働き、野垂れ死にをしたり、病気で死んでいきます。この話を読んで、半ばは忘れていたのですが、やはり心に残っていたのでしょう。他の人と同じように、私も自分の十分に生きたとはいえない人生について、ふと考えました。鉱脈探しの光景をまざまざと思い出しながら、今度は自分にこうたずねました。私のはもっと細かな粒子かもしれないが、この私も毎日砂金を洗鉱してはいけないだろうか。私の内部に達するまで竪坑を掘り、その金脈を採掘してはいけないだろうか。みなさん、そこにこそ私たちにとっての、金鉱の町バララトやベンディゴがあります。そこが、切り出しにくい岩の小渓谷だとしてもどうだというのでしょう。とにかくどんなに淋しく、細く、曲がりくねっていても、慈《いつく》しみと敬《うやま》いの気持をいだいてたどれる道なら私は進んでいけるでしょう。一人の人間が群衆から離れ、自分だけの道をこのような気持で歩いて行くとき、普通の旅人たちには柵の切れ目としか見えないところに、実は分かれ道が見つかるのです。彼が牧草地を横切って行く孤独な小道は、もう一方の道にくらべて高いところを歩む道であることがわかるでしょう。

人々はそこへ行けば本物の黄金が見つかるとでもいうかのように、カリフォルニアとオーストラリアに殺到します。しかし、そこは黄金があるのとは正反対の場所です。彼らは金を探しながら真の鉱脈からますます遠ざかります。そして自分でうまくいったと思っているとき、本当は最も嘆かわしい状態にいるのです。私たちが生まれた場所が、実は黄金を含んだ土地ではないのでしょうか。金色の山々に源流をもつ川が、私たちの故郷の谷を流れているのです。そして、この川は数千万年よりはるか前からずっと光る粒子を運びつづけ、私たちのために自然の恵みをもたらしてきたのです。ところで、ふしぎなことですが、本当の黄金を探し求めるこの採掘者は、周囲の足の踏み入れられていない人里離れた場所にこっそり行っても、後をつけて出し抜こうとする人のことなど心配する必要がないのです。彼は一生のあいだ、誰はばかることなく、手の加えられている場所も加えられていない場所も含め、谷全体の所有権をさえ主張し、その下を深く掘っていくことができるでしょう。なぜなら、彼の真の要求にとやかくいう人は一人もいないからです。彼の掘る道具や、砂金を洗う場所を気にする人はいません。バララトでのように、採掘権を一二フィート四方に制限されることなく、彼はどこでも深く掘ることができます。自分用の砂金をふるう場所で世界全体を洗ってもよいのです。

ハウィットはオーストラリアのベンディィゴ採掘場で、重さ二八ポンドの大きな金塊を掘りあてた男の話をしています。「彼はまもなく酒を飲むようになった。馬を買い、いつも全速力であちこちを乗りまわし、人に会えば自分が何者か知っているかと大声でたずねた。知らないと答えると、自分こそは『あの金塊を見つけたとんでもない奴だ』と、親切にも教えるのだった。そのあげく、彼は猛スピードで木に激突し、もう少しで脳みそがとび出るところだった」。もっとも、彼はそれ以前に金塊に頭をぶつけたときにすでに脳みそがおかしくなってしまっていたので、その気づかいもなかったでしょう。ハウィットは、「彼の精神は救いようもなく荒廃してしまった」と付け加えます。しかし、彼はある連中の典型なのです。その種の人間はみな生活のすさんだ人々です。彼らが掘っているところの地名を、いくつかあげてみましょう。「間抜け平原」、「阿呆渓谷」、「人殺し洲」などです。名前に風刺が読みとれます。不正に得た富を彼らがどこに運んで行こうとかまいません。彼らのすみかは「人殺し酒場」ではなかったとしても、やはり「間抜け長屋」だろうと思います。

最近の人間のエネルギーのすごさを示しているのは、ダリアン地峡における昼夜ぶっ通しの交代作業による金鉱の略奪ですが、こうした企てはまだ序の口のようです。というのも、最近のニュースによりますと、この種の採掘を取り締まる法令が、ニュー・グラナダの立法府でようやく議案の検討会を通過したところだというからです。『トリビューン』紙の特派員はこう言っています。「この地方で十分な試掘が可能になる乾燥期が来れば、他にも豊かな、つまり昼夜交代で作業を行う採掘地がいくつも発見されるだろう」。出かせぎ人にたいして彼は言います。「十二月より前には来ないほうがよい。海によるボスカ・デル・トロ経由でなく、陸による地峡経由で来ること。無用の荷物を持参せず、テントといった厄介なものは持ってこないこと。しかし、丈夫な毛布はぜひ二枚必要。他に上質なつるはし、シャベル、斧があればだいたい足りるだろう」。これは、まるで犯罪者がこしらえた『墓地の掘り方』から抜き出した忠告のようです。そして、記者は強調のしるしをつけて、こう結びます。「国でちゃんと生活できているのなら、そこにとどまっていなさい」。この意味は、「国の墓地荒しでかなりの収入を得ているのなら、そこにいなさい」という意味にとれないこともありません。

しかしカリフォルニアだけを槍玉にあげればすむのでしょうか。カリフォルニアはニューイングランドの子供であり、もとはと言えばニューイングランドの学校や教会で育てられたのではないでしょうか。

たくさんいる説教者の中に、人の道を教えられる者がきわめて少ないのは不思議なことです。指導者と言われる人も世の人々の習慣の弁明にかかりっきりです。明知を誇る人々ともいえる、尊敬されている老聖職者たちは、志と臆病風との間で板ばさみになりながら、寛大な、懐古的な微笑を浮かべて、こういうことにあまり神経質にならないほうがよい、と教えてくれるのです。全体を考えなさい、つまりお金をつくりなさい、ということでしょう。私の聞いた最も高尚な忠告でも、卑しいものでした。要するに「社会を改革しようとしても時間のむだです。どのように生きるかなど問題にしないことです。そんなことを考えていれば病気になるだけです」と言うのです。このようにしてパンを得る過程で無垢の魂を失うのなら、むしろ極貧に苦しむ方がいいでしょう。いくら世間ずれした人でもどこか純粋なところが残っているものです。そうでないとしたら、彼は本当に悪魔の手下なのでしょう。年をとるにつれて私たちは、ありふれた生き方になり、規律も少しゆるみ、もっとも純粋な本能に従うことからどうしても逸《そ》れていきます。しかし、そうであるとしても私たちは嘆かわしい人々の嘲《あざけ》りなどは気にせず、できるだけ正気でいられるように細心の注意を払うべきです。

科学や哲学においてさえ、ものごとの本質的で混じりけのない記述というものは、なかなかありません。星の世界にまで、学派根性と偏狭な信念という人間の感情が混入してきます。星に高等生物がいるかどうかという例の問題をとりあげてみるだけで、そうした事態の一端がわかります。私たちはなぜ、地球だけでなく天まで私たちの感情で塗りたくらなければならないのでしょうか。北極探検家のケイン博士もジョン・フランクリン卿も、ともに秘密結社のフリーメーソン会員だったというのは、科学や学問からみれば的はずれの暴露でした。しかし、そのために前者が行方不明になった後者の捜索に行ったのだろうと連想するのは、さらに残酷な指摘です。わが国の人気雑誌には、重要な話題に関して、余分な感情を交えず、子供の考えを論評なしでのせる勇気のあるものはありません。すべての場合、神学博士《ディー・ディー》におうかがいをたてねばならないのです。そんなことならいっそのことディーディーと鳴くシジュウカラにおうかがいをたてたいくらいです。

人間の喜怒哀楽で息苦しいほどである科学や学問の葬式から脱け出して、自然に目をこらしてごらんなさい。人間世界の方は、つまらない感情的な考えが世界全体の墓掘り人をつとめているのです。

思っていることをそのままはっきり口に出せるような、心が広く本当に自由な話し相手は、知識人の中にさえほとんどいません。みなさんが話を交わそうとする人々の多くは、肩入れしているらしい制度の壁に突き当たると、身動きできなくなってしまいます。つまり、どこでも通じるというのではない、特殊な見方に凝り固まってしまうのです。見たいのは何らさえぎるもののない天なのに、みなさんと空とのあいだに、狭い天窓のついた彼らの低い屋根を絶えず差し出そうとするのです。くもの巣を張って邪魔などしないで、自分の窓を洗ったらどうか、と言ってやりたい。私に講演を依頼してくる文化協会のなかには、投票の結果、宗教の話題を講演からはずすことにしたと知らせてくるものがあります。しかしそう言われても、その宗教はいったいどんなものか、そしてどういう場合に私と彼らの宗教が接近し、どういう場合にへだたりがあるのか、どうしてわかるのですか。

私はかつてそうした情況の会場に講演者として乗り込んで行き、自分が体験してきた宗教をできるかぎり包み隠さず話したことがあります。しかし聴衆は私が何の話をしているのかまったくわからなかったのです。ところが、もしそのとき私が歴史上最低のならず者の伝記でも読んで聞かせたら、自分たちの教会の執事の伝記を書いてきたと思ったかもしれません。よくきかれる質問は、「どちらからいらっしゃいましたか」とか、「これからどちらへ行かれますか」です。ところが、あるとき小耳にはさんだ、ひとりの聴衆がもうひとりにたずねていた質問ははるかに当をえたものでした。「あの男は何のために講演をしているのかね」それを聞いて、私は足の先まで震えました。

えこひいきなしでいえば、私が知っている最良の人々も、心に安らかなところはなく、自らがひとつの世界をなしているとは言えません。たいていは、形式に安住し、うまくお世辞を使い、効果が出せているかどうかに気をまわすという点で他の人たちよりすぐれているにすぎません。私たちは、家や納屋の土台には花崗岩を用います。塀も石で作ります。しかし最も下の層を形成し原始的な岩である花崗岩のようなしっかりした真理を、私たちは自らの土台として用いていないのです。思考の土台がもろくなっています。ものを考えるとき、非常に純粋で神秘的な真実なしでいられる人というのは、一体どんな人なのでしょうか。私は自分の最も立派な知人でさえも、軽薄だなと思うことがあります。一方には実際には行なうのが無理な作法やごていねいな挨拶があります。それでいて獣が示すような高潔と真剣の精神、岩がもつような根気と堅実の精神を、人間は教え合わないのです。しかし多くの場合、責任は双方にあります。私たちは日ごろから相手にたいして気高い精神を追求することはありません。

アメリカを訪れたハンガリーの独立運動家コシュートにたいするあの歓迎の馬鹿騒ぎは非常に典型的でした。いかにも浅薄で、駆引きか浮かれ騒ぎの一種にすぎませんでした。国中で、人々が彼に向かって発言しましたが、群集がいだく考えを、というよりも考えの無さを表明していたのです。誰の発言も、真理を踏まえていませんでした。例によって、徒党を組み、たがいにもたれあっていただけであり、しっかりした土台があってのことではありませんでした。ヒンズー教徒は、世界を象の上に置き、その象を亀の上にのせ、その亀を蛇の上にのせましたが、蛇の下には何も置かなかったのに似ています。あの騒ぎの結果、私たちが得たものは、コシュート帽だけです。

私たちの日頃の会話も、ほとんどは同じように内容のない、むなしいものです。うわべとうわべが触れ合うのです。生活が内面的で個人的なものでなくなると、会話は単なる噂話に堕してしまいます。新聞で読んだわけでも、隣人から聞いたわけでもないようなニュースを話してくれる人にはめったにお目にかかりません。そして、たいていの場合、こちらと相手との唯一の相違は、相手の方は新聞を読んだとか、お茶を飲みに出かけたかしたのに対し、こちらの方はどちらもしなかったということだけになってしまっているのです。内面的生活が衰えるにつれて、私たちはますます足しげく、死にもの狂いで、郵便物を受けとりに郵便局に行くようになります。たくさんの手紙をかかえてそこから出てくる哀れな男は、自分の文通範囲の広さを自慢しているかもしれませんが、もうずい分長いあいだ自分自身からの便りをもらっていないことはまちがいありません。

一週間、毎日、新聞を一紙読むというのは、読みすぎではないでしょうか。最近、私はそれを試してみましたが、その一週間というもの、自分が生まれた故郷に暮らしているような気がしませんでした。太陽、雲、雪、それに樹木が、これまでのように私に語りかけてくれないのです。二人の主人に仕えることはできません。一日がもたらす富を知り、我がものとするには、一日だけではだめです。もっと長い時間をそれにかけねばなりません。

最近読んだことや聞いたことをあらためて口に出して言おうとするとき、なぜか恥ずかしさを感じるとしたら、それはもっともなことです。私は、自分の聞くニュースがなぜこれほど浅く薄っぺらなのか、わかりません。ひとりひとりがいだく夢や期待の大きさを考えますと、その結果がどうしてこうも取るに足らないものになってしまうのでしょうか。耳にするニュースの大部分が私たちの命そのものの根を育てるものではないからです。ありきたりの繰り返しです。みなさんのうちだれかが路上で、二十五年ぶりに登記係のホビンズに会ったとします。こうしたちょっとした経験にたいして、「それはびっくりしたでしょう！」というようにわざわざどうして強調した言い方をするのか、ついたずねてみたくなったことがあると思います。毎日のニュースとはこのようなものです。ニュースが伝える事実は、菌類の小さな胞子のように取るに足らないものなのですが、空中を漂い、私たちの心のうわべに付着します。そこで事実に根拠が与えられ、寄生体として成長するようです。私たちは自分自身の体からこうしたニュースをきれいに洗い流すべきです。地球が爆発しようとも、それが人格に影響を及ぼさないのであれば、なんら重大なことではないでしょう。心も体も健康である人は、このような事件にはほとんど好奇心をいだきません。私たちはどうでもよい気晴らしのために生きているのではないのです。たとえ地球が爆発するとしても、私はわざわざ街角を走って見にいこうとは思いません。

夏のはじめから秋たけなわのころにかけて、みなさんはそうと気づかずに実は新聞やニュースなしに暮らしてきたのではないでしょうか。今となってその理由は、朝と夕べが真のニュースすなわち新しい便りを届けてくれていたからだとわかります。散歩はすばらしい小事件に満ちています。関心は、ヨーロッパの事件ではなく、マサチューセッツの草原での身近な事柄に向けられていたのです。もしニュースの種となる出来事の発生するあの薄っぺらな層で生き、行動し、存在するのでしたら、そうした出来事が世界を満たしてしまうとしてもいたしかたないでしょう。あの薄っぺらな層はニュースが印刷される紙よりさらに薄いのです。しかし、もしそうした薄い平面ではなく、それよりも高く飛んだり、深くもぐったりするようなら、そんな出来事を覚えていたり、思い出すこともないはずです。太陽が昇り、沈むのを毎日この目で見、自らを宇宙の営みに結びつけて生活することができれば、私たちはこれからもずっとすこやかな精神を失わないでしょう。国民という言葉をよく耳にします。しかしそもそも国民とは何ですか。タタール人、フン族、シナ人。彼らは昆虫のように群がります。歴史家は彼らを国民として歴史に残そうとしていますが、虚しいことです。世の中に人間が非常に多いように思えるのは、ひとりの人間﹅﹅がいないからです。この世界で暮らしているのはひとりひとりの個人です。思慮深い人なら、『オシアン』におけるローディンの霊にならって、こう言うでしょう。

山の高みより諸国民を見おろすと
彼らは灰となり、横たわる。
しかし雲の宮は穏やかであり
憩いの草原は快い。

丘や谷をやたらに駆けまわり、たがいの耳をかみ合う犬たちに引きまわされる、エスキモーのようには生きたくないものです。

しばしば私は町の噂といった取るに足らないニュースを、うっかり信じてしまいそうであったことに気づき、危ないところだった、とぞっとすることがあります。そして、人が競ってこのようながらくたを頭に詰めこむのを見て愕然とします。本当なら思想と向き合うべき神聖な場所に、根拠のない噂や小事件がかってに入ってくるのを許しているのです。私たちは人間の心を、町内の俗事が語られ茶飲み話がもっぱらなされる大衆的な場所にすべきなのでしょうか。それとも、天そのものの一部である、神々をまつる青天井の神殿にすべきでしょうか。私にはとても大切なものがあります。それをいいかげんにすることはどうしてもできません。ですから大切でないことにどんなに注意を向けようとしても無理なのです。神的な心が、この大切でないものを明らかにしてくれます。新聞や会話に出てくるニュースはたいていい大切でないものです。このことを考えますと心の純潔さを保っていることがどうしても必要です。裁判ざたになるような犯罪のこまかなあれこれが、私たちの思想の領域に入って来るのを許したとします。そうすると思想の聖なる所を、一時間、ときには何時間にもわたって、そのこまかなあれこれが怖いもの知らずに大手を振って歩きまわります。そして心の最も奥の部屋を酒場にしてしまうのです。まるで街の土埃《つちぼこり》が長い時間にわたって私たちの場所全体にただよい、人馬の往来、雑踏、汚物にあふれた街そのものが、私たちの思想の神殿の中を通り抜けたようです。それこそ、知性の、そして精神の自殺ではないでしょうか。私はかつて法廷に見物人であり同時に傍聴人として何時間も座っているよう要請されたことがありました。手と顔をきれいに洗った私の隣人たちが、別に強制されたわけではないのに時おりそっと入って来て、爪先立って歩くのを見ました。そして彼らが帽子をとると、突如、彼らの耳が音を集めるための巨大なじょうご型になり、その大きな耳のあいだの小さい頭はぎゅう詰めに何かが詰めこまれているように映ったのでした。風車の羽根のように、その耳は音の流れを、広くしかし浅くとらえます。そしてその音は歯車のかみ合う脳の中をくすぐるように二、三度旋回し、別の耳から出て行きます。彼らは帰宅したとき、ここに来るときに念入りに手と顔を洗ったように、耳も洗うのだろうかと思いました。そのとき私には、法廷にいる傍聴人、証人、陪審員、弁護士、裁判官、罪人——まだ判決が下される前なので、有罪と仮定してなのですが——は、すべて同じように罪人であるように見えました。そして突然の落雷にみまわれ、みんないっしょに焼き尽くされてしまうかもしれない、という気がしました。

みなさんにとってこの神聖な場所に、侵入者を入れてはいけません。そのためには、いろいろな種類のわなや掲示板を使い、神の掟という極刑でおどしてもいいでしょう。覚えていても役に立たないばかりか、かえって害になるものほど、忘れるのがむずかしいのです！　もし私が一筋の水の道となることができるのでしたら、町の下水溝ではなく、山の渓流か、聖なるパルナッソス山の清流になりたいものです。霊感という、耳を澄ますと天の法廷から聞こえてくる打ちとけた噂話もあれば、酒場と犯罪を裁く法廷における、卑俗で腐敗したお告げもあります。同じ耳で、どちらも聞こえます。ただ、聞き手の人格が、耳をどちらにたいして開き、どちらにたいして閉ざすかを決めるのです。いったんつまらないことに注意を向ける習慣が身につくと、心はずっと俗っぽいままであり、私たちの思想は人の集まるつまらない場所や道のようになります。そうなると知性そのものが、いわば砕いた石を幾層にも敷きつめるマカダム工法で舗装されるため、その基礎は往来する車がその上を走りやすいようにこなごなに砕かれます。ローラーでならした砕石や、唐檜《とうひ》の木レンガや、アスファルトにもまさる、最も持ちのよい舗装はどうなっているか知りたいのでしたら、長いあいだこうしたやり方で舗装されてきた人々の心をのぞいてみるだけでよいでしょう。

このように私たちが自らを冒瀆してきたのなら——そうしなかった人がいるでしょうか——その治療は、あらためて慎重に、そして心から自らをささげ、ふたたび心の神殿を建てることでしょう。私たちの心つまり本来の自分を扱う場合、私たちがその後見人となっている無邪気なあどけない子供に接するようにしなければなりません。そしてその子供の関心をどういった物、どういった話題に向けるべきかについて、細心の注意を払うべきです。『タイムズ』紙を読んではいけません。『永遠』紙を読むべきです。しきたりは、長いあいだには不道徳と同じような害を生み出します。科学的事実でさえ、朝ごとにひとまず消し去ってみるか、さらに言えば新鮮でいきいきとした真理の露によって豊かに育てられなければ、ひからびて、心を埃だらけにしてしまうでしょう。理解というものは、細分化されたからといって手に入るものではなく、天から閃光のごとく、私たちのもとに届けられるのです。それに対して、思考というものは、それが心をよぎるたびに、心をすり減らし、引き裂くのです。そして心をよぎるにつれて深い轍《わだち》が刻まれていきます。ポンペイの街路に見られるように。世の中の様々な事柄の中には本当に知っていたほうがよいか慎重に考えてみなくてはならないものが実にたくさんあります。私たちはいつの日かあのすばらしい長さの橋を渡って「時間」という最もはるかかなたの水辺から、「永遠」という一番近い岸辺に移り住むと信じています。ただ、その橋の上をゆっくりとした歩みであるとしても、そうしたさまざまなものを積んだ行商用の荷馬車を通過させるのがよいものかどうか、じっくり考えてみなくてはなりません。私たちには知的な修養や洗練された態度は身につかず、ただ粗雑に生き、魔王に仕えるための技能しか備わっていないのでしょうか。

技能といっても、わずかな世俗の富や名声や自由を手に入れ、それによっていつわりの外見をとりつくろうためのものです。これでは私たちは皮や殻だけからできていて、中には柔かい生命力を感じさせる果実はないかのようです。私たちの制度は、できそこないの実しか中に入っておらず、人の指を刺すのだけは一人前というような、栗の毬《いが》でいいのでしょうか。

アメリカは、自由のための闘いがなされる競技場だといわれています。しかし、その自由は単に政治的な自由だけを意味しているのではないはずです。アメリカ人が政治的圧制者から自らを解放したと言うことはできるにしても、あいかわらず経済的そして精神的な圧制者のくびきから解かれていません。せっかく「共和政体」が確立されたのですから、「個人政体」に目を向け、ローマ元老院が執政官に命じたように、「個人の立場が何ら損害をこうむらないように」気をつけるべきです。

このアメリカは自由の国と呼べるのでしょうか。ジョージ三世から自由になっても、「偏見」という王の奴隷のままでいるのはどういうことですか。自由の身に生まれても、自由に生きていないのはどうしてですか。政治的な自由といっても、それが精神的自由にいたる手段でないとすれば、どんな価値があるのでしょうか。私たちが誇りにしているのは、奴隷になるための自由ですか、それとも囚《とら》われない精神になるための自由ですか。自由の一番外側を守ることだけを気にしている政治屋たちばかり、それが私たちの社会です。たぶん本当の自由を手にするのは、私たちの孫の世代なのかもしれません。私たちの税のかけ方も公平さを欠いています。なぜなら私たちは自らに税を課しながら自分たちの大切なものが十分に表現されていないからです。これこそ、代表権のない納税義務というものです。私たちは軍隊の宿泊を引き受けます。つまり様々な愚か者と牛馬を自分たちの家に宿泊させます。大きな組織体が人間の心に宿営します。これでは最後は組織体が人間の中身を全部食べてしまいます。

本当の文化と人間らしさということを考えると、私たちはまだどうしても偏狭であり、開かれていません。典型的なアメリカ人であるジョナサンにすぎないのです。私たちが偏狭なのは、判断する際の基準がここアメリカの中で見つかっていないからです。真理ではなく、真理の映る影を崇拝しているからです。目的ではなく手段にすぎないはずの貿易、商業、製造業、農業といったものにわき目もふらず没頭することで、私たちの心が本来の状態から歪められ、狭められているからです。

イギリスの議会も、同じように偏狭なものです。重大な問題、たとえばアイルランド問題、これなどは本当はイギリスの問題というべきものですが、その解決を迫られると、彼らは単なる野暮な田舎者であることを暴露します。イギリス人の性格はそのとき従事している仕事に左右されます。彼らの「育ちの良さ」は、一番大切なものを尊重しているわけではありません。この世で最も洗練された作法でさえ、洗練された知性に比べれば、ぎこちなく愚鈍なものです。その作法は、時代遅れの優雅さ、膝の留め金、半ズボンのような、過去の流行としか思えません。作法には美徳ではなく悪徳が含まれているので、気骨のある人からはつねに見捨てられるのです。作法は脱ぎ捨てられた服か殻のようなものです。それなのに、本来は生きている物にたいして向けられるはずの尊敬を要求するのです。そしてみなさんに中身ではなく堅い外皮が差し出されるのです。ある種の魚介類で殻の方が肉より価値があるからといって、それによっていつも殻を贈る口実になるわけではありません。作法を押し付ける人は、こちらがその人そのものを知りたいと思っているのに、自分の骨董品の飾り棚を見せたがる人と似ています。詩人デッカーがキリストを評して、「この世に生まれた最初の本物の紳士」と言ったとき、作法などは考えていませんでした。くり返すことになりますが、この意味では、キリスト教世界の最も華麗な宮廷でも、田舎じみていることに変わりありません。アルプスの向こう側の狭い事柄について協議する権限をもっているだけです。ローマ帝国の広い領土全体にかかわる問題についてではないのです。イギリスの議会やアメリカの議会で注目を集めている問題を解決するには、一年任期の行政官か地方総督がいれば十分でしょう。

統治そして立法！　この二つを私は尊敬すべき仕事と考えていました。世界の歴史において、ヌマやリュクルゴスやソロンという天から授けられた人々のことを私たちは耳にしました。いずれにしてもその名前は理想的立法者として私たちの心に刻まれています。しかし、奴隷の飼育や煙草の輸出入を規則正しく行わせるための立法、これは一体何ですか。天から授けられた立法者と煙草の輸出入のあいだに、何の関係がありますか。人道的な立法者と奴隷の飼育とのあいだに、何の関係がありますか。みなさんがどこかの神の子にこうした質問をしたと考えてみてください。それとも十九世紀にはもはや神の子供たちはいないのでしょうか。神の家系は途絶えてしまったのでしょうか。どうすれば、この一族にもう一度会えるでしょうか。最後の審判の日に、煙草と奴隷を主要産物としているヴァージニア州などは、どう言いわけをするつもりなのでしょう。このような奴隷州の場合、祖国を愛する心のよりどころはどこにあるのでしょうか。私がいま述べていることは、合衆国政府が発行している統計表から判断して言えることなのです。

あらゆる海を、ナッツ類と乾ぶどうを求める船の帆で白く染め、水夫らをそのためのみにあくせく働く者にしてしまう商業！　先日、私は難破した船とたくさんの水死体を目撃しました。布きれ、ビャクシンの実、ビター・アーモンド、などなどの積み荷が浜辺に沿って散乱していました。ビャクシンの実やビター・アーモンドの積み荷のためになにもイタリアのリヴォルノと合衆国のニューヨークの間を危険を冒して行ったり来たりする必要はないように思いました。アメリカが旧世界に苦味《ビター》を求めてわざわざ船を送るとは！　この国で、人々に人生の苦杯をなめさせるには、海水や難破船だけでは、まだまだ苦味がたりないというのでしょうか。しかし、私たちの誇る商業とは、こんなものなのです。そして、世間には政治家だの哲学者だのと自称している人がいますが、実は彼らは、進歩と文明はまさにこういった交易と活動に依存していると思いこんでいる、盲目的な人々なのです。こうした交易は、糖蜜の大樽に群がるハエの活動のように私には映ります。「人間が、へばりついて生きる牡蠣であったなら、これでもよいだろうが」とある人が述べます。「人間が他の生き物の血を吸う蚊であったなら、それでもいいだろうけど」と私は応えます。

アメリカ政府はアマゾン川探検にハーンドン中尉を派遣しました。もっとも、彼は奴隷制の地域を広げるために派遣されたのだと言われていますが。その彼がこう述べます。「人生の楽しみの何たるかを知り、国の偉大な資源を引き出したいと意識している勤勉で活動的な住民」は、そこにはいなかった、と。しかし、奨励されるべきその意識的な欲求とは一体何ですか。彼の故郷ヴァージニア州での煙草や奴隷とか、私の故郷ニューイングランドにおける氷や花崗岩をはじめとする物質的富のような、もろもろのぜいたく品への嗜好ではないはずです。まして「国の偉大な資源」とは、これらを産出する土壌が肥沃か不毛かということでもないでしょう。私がこれまでに訪れたことのあるすべての州でなによりも欠けていたのは、住民のあいだにおける真剣で高い目的意識でした。これだけが自然から「偉大な資源」を引き出し、ついには自然の資源以上のものを、自然にたいして求めるのです。というのも、人間は当然、自然なしには生きていけないのです。私たちがジャガイモより文化を、砂糖菓子より精神的な光を求めるときが来れば、世界の偉大な資源が求められ、引き出されることになるでしょう。そうなれば、そこに生み出される大切な成果は、奴隷や働くだけの職工ではなく、人間となります。つまり英雄、聖者、詩人、哲学者、救世主と呼ばれるすばらしい果実が実を結ぶでしょう。

どうやら、風の凪《な》いでいるところに雪の吹き溜まりができるように、真理の凪いでいるところに制度が出現するようです。しかし、真理の風は制度の上を吹きまくっており、いずれは、それを吹き倒します。

政治と呼ばれるものは、ほかのものと比べてあまりにも表面的で人間にふさわしくないので、私は実際、政治と自分とのかかわりをはっきり認めたことはありません。新聞は無料でいくつかの欄を、特に政治や政府に提供しているのは私も知っています。そして、政治を救えるのはこれだけなのだ、と人は言うでしょう。しかし、私は文学を、そしてある程度は真理も愛するので、いずれにしてもこうした欄は読みません。正邪の判断力を、それほど鈍らせたくないからです。私が大統領教書を、ひとつ読んだからといって、それに責任を負わなくてはならないわけではありません。おかしな時代がやってきたものです。帝国、王国、共和国などが、個人の家まで物乞いに来て、耳元でしきりに愚痴をこぼすのです！　新聞をひらけば、窮地に陥り困り果てた、あさましい政府が読者である私にぜひ支持してほしいと嘆願しない日はありません。それも、イタリア人の乞食も顔負けの執拗さです。もし私が、おそらく情深い商人に雇われている知識人か、政府をだきこんだ船長かによって書かれた、いま政府は悲惨な状態にあるという報告書を見る気になったと考えてみてください。というのも政府は自分ではひとことも話せないのです。そのとき私は政府を現在の状態に陥らせた、うそかまことかわからないヴェスビィオ火山の噴火や、ポー川の洪水について読むでしょう。私はためらわずに、そういう場合はとにかく精を出して働くかあきらめて救貧院に行くしかない、と言うでしょう。そうでなければ、私が普通しているように、自分の城を静かに守ればよいのではないですか。それにたいして、人気を維持したり義務を果すことに追われ、哀れな大統領は完全に当惑しきっています。そこで新聞が勢力を得るのです。どんな政府も、インディペンデンス砦における海兵隊員程度に格下げされています。もし『デイリー・タイムズ』紙を購読しないでいると、政府がひざまずいて読んでくれと懇願します。というのも今日では、新聞を読まないことが唯一の反逆罪だからです。

政治とか毎日の決まりきった仕事とか、人々の注意を最も強く引くものは、確かに人間社会の重要な機能です。しかし、人間の体の大切な機能と同じように無意識に行われるべきです。政治やきまった仕事は人間本来の営みの下に横たわる、いわば一種の植物的機能です。病気になると、人は消化がうまく行っているのかどうかを意識し、そのためにかえって消化不良を起こします。それと同じように私はときどきこれらの社会的な機能が自分のまわりで続行されていることにある程度気づくことがあります。こうなるとまるで考えごとをする人が、手のこんだことをしようとして巨大な砂嚢《さのう》によって擦《こす》られたり砕かれたりするのをじっと我慢しているようなものです。政治とは、いわば砂や砂利がたくさん入った社会の砂嚢であり、二つの政党はそれぞれが対立する半分です。時には四つに分裂し、たがいにすりつぶし合うのかもしれません。個人ばかりではなく、国家もこのような慢性消化不良を経験しているわけです。政治の世界ではそれをどういった雄弁で装飾し表現するかはみなさんの想像におまかせします。このように、私たちの人生は、目覚めているときには意識していない方がよいことを、すっかり忘れてしまうわけにはいかないばかりか、悲しいことに、その多くをおぼえているのです。いつも消化不良の人間として自分たちの悪夢を話すためにではなく、時には消化良好の人間として永遠に神々しい朝を讃えあうために出会えないものでしょうか。この要求は法外なものではないと思うのです。

屋根裏部屋と草原、そして……

「虚《むな》しいことだ、他の土地を探しても」——ソロー

ソローは小説には興味を示しませんでした。晩年のことですが、ホーソンの小説『大理石の牧神』に登場するドナテロのモデルはどうみてもソローだったようですが、彼は気づいていません。親しい友人の作品でさえも小説は読まなかったのです。とはいえ、彼が文学に非常に関心をもっていたことは言うまでもありません。ウェルギリウス、チョーサー、中世、近世の英詩を彼は愛唱しました。そしてこれもよく知られていることですが、地理的なものに興味をいだいていました。古代において各地を訪れ風土や習俗を書き記した「歴史の父」ヘロドトスの著作から、近代のゲーテの『イタリア紀行』にいたるまで、地理関連の書物は晩年においても精読していました。

同じように博物誌に関し属・種を同定するため、動物、植物、鳥類の学術書は身近なものでした。刊行されてまもなかったダーウィンの『ビーグル号航海記』の生物を叙述するダーウィンの文体に魅了されました。ソローの晩年に刊行された『種の起源』を読んで、彼がそれほど驚かなかったのは、それ以前にダーウィンを十分に読み込んでいたためと言われています。こうしたことと関係して、最近びっくりしたことがひとつありましたので、記しておきたいと思います。

トクヴィル著『アメリカのデモクラシー』第一巻を新訳が出たのを機会に、最近読み直しました。原注もなかなか興味深いものでした。私はアメリカ史のことは門外漢なので、トクヴィルがこの本を書くために使用した一次資料を知っているはずはありません。ところが、原注でとりあげられている資料が、それもかなりの数が、どこかで、しかもどうも最近出会ったことがあるようなのです。どう考えてもそんなはずはないので頭をひねっていました。私の場合、このところ読んでいるものというとソローが多いので、半信半疑で、ソローの全生涯の読書経験を研究したRobert Sattelmeyer, *Thoreau's Reading* (1998) を開いてみました。トクヴィルの原注と、ソローの読書目録を照合していきますと、じつに多く重なるのでした。考えてみますと、『アメリカのデモクラシー』第一巻は一八三五年の刊行ですから、一八一七年生まれのソローが同一の地誌、郷土誌を読んでいたのは不思議ではありません。それと当時は刊行される書籍類そのものが少なかったこともあるでしょう。ただ、トクヴィルはこの著書を書くために原注に載せた文献のおそらく数倍の冊数に目を通していたでしょうから、原注はトクヴィルにとっては厳選されたものと考えてよいでしょう。資料への接近という点で、二人の重なり合いに心ひかれます。いずれにしましても二人は郷土誌に目をこらし、地域社会に猛烈に関心をいだいていたことはまちがいありません。そして実際、ソローはトクヴィルのこの『アメリカのデモクラシー』を英訳が刊行されるとすぐに読んでいます。ソローは、自分の町の図書館、旅先の図書館、そして友人の蔵書に近づき、数ある地誌の中から実に目ざとく選択を行っていたわけです（ソローはあまりたくさん本を買う余裕はありませんでしたので、図書館や友人から本を借りていました）。このようにソローは学問の空間とそれを支える精神にとても謙虚でした。

しかしその一方で、ソローの伝記をたどって行きますと、次のような事実にも遭遇します。ソローがハーバード大学を卒業して十年ほど経ち、同期生が祝賀会を計画します。そして幹事から卒業後の生活を尋ねる手紙が届きます。ようやく七ヵ月後、重い腰を上げたソローの返事はこうでした。やや長い手紙なので、途中を省略しながら引用します。

同期生としての帰属意識を私はほとんど持っていません。ケンブリッジでかつて四年間過ごしたことを大体忘れていると告白せざるをえません。……仕事は、専門職なのか、商売なのか、その他なのか明確ではありません。……いずれの仕事も教えられたのではなく、実践されてきたものです。こうした仕事を、私はここでひとりで始めました。

仕事は一つでなくたくさんあります。……学校教師、家庭教師、測量士、庭師、農民、ペンキ屋、大工、石工、日雇い労働者、鉛筆製造業、紙ヤスリ製造業、作家、時には三文詩人のこともあります。……

私の現在の仕事は、右記のような雑多な広告に求められる注文に応じることです。ただし自分にふさわしいと思ったときであって、いつもそうであるわけではないのです。というのも私は、一般に仕事あるいは産業と言われているものがなくても生きる道を見つけてきたからです。実は、私の最も変わらない仕事は、それが仕事と呼べるとしてなのですが、私自身を最上の状態に維持し、そして天上においてであれ地上においてであれ、何が起ころうと準備が整っていることなのです。……

同期生の方々が私を慈善事業の対象と考えないよう願っております。誰かなんらかの金銭的な援助を必要とする方がいて、その事情を知らせてくださるなら、私は金銭以上に価値のある助言をさしあげることを請け合います。

伝記作者ウォルター・ハーディングは『ヘンリー・ソローの日々』でこの手紙を引用したあと、その章の最後にこう記します。「大学は、彼に関するかぎり、忘れてもよいものであった」。

ソローにはこうした奇妙な、そして狷介なところがあって、それを生前の周囲の人々はもちろん、後世の読者もうすうす感じるようです。それは海を隔てても、時代が変わっても、ソローを読む人、ソローのことを考える人の心の底に、消えない何かとして残るようです。戦前の日本においては、大通りではなく、路地や小道をとぼとぼと、あるいは気軽に歩いた人々によって、ソローへの窓は開かれました。堀井梁歩（一八八七〜一九三八）という人がいます。秋田県の生まれで、本名は金太郎。名前の通り相撲が好きでした。秋田中学では同級に、のちに大杉栄のあとを継いでファーブル『昆虫記』を訳すことになる椎名其二がいました。一高を退学したあといくつかの仕事をして、一九一三年にアメリカのミズーリ州立大学に入り、そこで友人椎名に再会します。二人はアメリカの各地を行商などもしました。堀井はホイットマンに私淑し、ソローに傾倒し、コンコードも訪れました。帰国後、ホイットマンの『草の葉』を訳し、『野人ソロー』（不二屋書房、昭和十年刊）という本を書き、宮崎安右衛門とも親交がありました（北村信隆「堀井梁歩」『日本アナキズム運動人名事典』収録、蜷川譲『パリに死す　評伝・椎名其二』参照）。この堀井の『野人ソロー』は一度読むとその文章がなかなか脳裏を去りません。学者の文章とはやや違うのです。二つほど引用してみますが、この本全体がすべてこのような調子です。一つは学校を卒業したあと、一時ソローが小さな学校を運営していたころの描写です。昭和十年の本なので旧かなですが、味わってみてください。

或る朝、いつものやうに学校に行くと、甘さうな水瓜の一と切れが各自の机の上に載つて居る。誰かの悪戯？と思ふ間もなくそれが校長さんからの贈物と分つたときの驚喜！先生達の丹精になつた裏の畑から取り立ての振舞物――。なんて素晴しい出来だらう！滴るやうなシトロ・メロンの甘味と共に、生徒達の胸の中に沁み込んで行くものは何であつたらう。

文中の「校長さん」とはヘンリー・ソローです。「先生達」とは兄さんのジョンとヘンリーの二人のことです。次は、その兄のジョンと二人で舟を作っている場面です。

暖かい春日に背中を炙られながら舟大工の真似をするのは、机に凭《よ》つてオデッシイを読むのとはまるで違つた気持だ。自分がホーマー時代に生れ合はしたのぢやないかしらと訝《いぶか》らるゝくらひだ。人間が其の天賦の知恵を働かして発明するのは、こんな時に於てだらう。尺度を当てゝ精密に計量し、鋸で挽き、鉋を掛け、切込みをつけ、胴体に部分々々をくつ附ける。次第に形を成して来る面白さ。飛散る木片、狼藉たる鉋屑の中で、気心の合つた兄弟が、同一目的に向つて一心不乱に働いて居る態《さま》は、実に見て居ても気持がいゝものだ。

のちに二人はこの舟に乗ってコンコード川とメリマック川の舟旅をします。

このような文体で堀井梁歩はソロー伝を書きました。今読んでもみずみずしさが感じられます。アメリカをはさんで、太平洋のこちら側の堀井が社会運動に従事する変わった人であったように、大西洋の向う側のイギリスでも、ソローはやや変わった人によって紹介されました。堀井より二十数年ほど前になりますが、自らを「酔狂の明細目録」と呼んだH・D・ソルト（一八五一〜一九三九）です。ソローの文学的評価を高めるのに彼以上のことをした英国人はいないと言われています。ソローの論集、選集、詩集を編みました。そして最も重要な仕事としてソローの伝記を書きました。一八九〇年に最初の本が出ます。一八九六年に改訂版が刊行され、一九〇八年に最終的な第三版を作ります。この第三版は生前には出版されませんでした。ソルトをソローの作品・仕事へと導いたのは、七歳ほど年長のエドワード・カーペンター（一八四四〜一九二九）

です。カーペンターはイングランド北部ミルソープという村で、彼の主要な仕事のほとんどをしました。その間にホイットマンを二度訪れ、そしてコンコードにも立ち寄りました。二人は当時のイギリス社会において、立派とみなされている社会的地位を離れ、伝統にとらわれないものの見方をする人たちでした（ソルト著『ヘンリー・ソローの暮らし』参照）。

堀井粱歩、ソルト、カーペンターといった人たちは、どうやらソローの作品だけでなく、その根っこのところにある日々の暮らし、生き方に吸引力を感じていたようです。訳者である私の周囲にもソローという名前を聞くと一瞬目を輝かせる人々がいます。そしてこの人たちは作家としてのソローに関心があることは当然なのですが、どうもそれだけでなく別のことにも心ひかれているように思えます。ソローの文章は口当たりのよいものではありませんし、分りやすくもありません。ですが、私の周囲のそういったソローに親愛感を抱く人々は、一日一日を生きるとき、ソローの日々の歩き方と共振しているようなのです。傍から見ているとそう見えます。

この共振の意味、あるいはこうした共振を願う意味を考えてみたいと思います。ソローの日々の歩み、つまり「生き方の原則」が生み出されてきた土壌を探ってみたいのです。堀井粱歩と地続きで話を進めてみます。

＊

まず、このエッセイが出来上がるまでの経過を、プリンストン版の解説、『ヘンリー・ソローの日々』、**Raymond R. Borst**, *The Thoreau Log* を参照しながらたどってみます。

「生き方の原則」Life without Principle が初めて活字として公表されたのは一八六三年十月号の『アトランテック・マンスリー』誌でした。ソローが亡くなって十七ヵ月後です。しかしこのエッセイはソローが生前たびたび行ってきた講演を活字にしたものでした。演題に変更はありますが、講演の日時と場所を順を追ってあげてみます。最初は一八五四年十二月六日、ロードアイランド州プロヴィデンスの自主講演会でこの作品が朗読されたといわれています。しかしこの時の題は明確ではありません。次に同年十二月二十六日、マサチューセッツ州ニューベッドフォードで、「生計を立てる」Getting a Living という題で行われました。二日後の二十八日、ナンタケットで繰り返します。年が明け、一八五五年一月四日、ウースターで行われ、この時の題は「人間の仕事とより高い生活との関係」The Connection Between Man's Employment and His High

Life でした。同年二月十四日には、コンコードで行われ、題は「何の得になるのか」What shall it Profit（「全世界を手に入れたところで、魂を失えば何の得になるのか?・」）でした。一八五六年には正確な月日は判明していませんが、秋にニュージャージー州パースアンボイでこの講演をしました。一八五九年十月九日、ボストンで、「浪費される生活」Life Misspent という題でこの講演をします。そして一八六〇年九月九日、マサチューセッツ州ローウェルで行います。これが最後でした。

講演を聞いていた聴衆の雰囲気、反応はどうだったでしょうか。一八五四年十二月六日、プロヴィデンスの第一回のものと考えられている講演は、失敗でした。ソローは日記でこぼします。「成功した講演者になろう、聴衆に興味を持ってもらおうとして、自分を安売りする危険を冒しているように感じる。私にとって最高だったり価値あるものが、聴衆の側にない、あるいはないよりももっと悪い状態にあると知って、落胆する。多くの人々の関心すら得ることができない。自分に合わせなければ、もっと人を満足させられるだろうが」

それに対して一八五九年十月九日のボストンでの講演「浪費される生活」の場合はうまくいき

ました。ボストンのある新聞は「よい声をしていて、強い印象を与える講演で、聞き手をひきつけた」と伝えました。唯心論の雑誌は、「非常に特殊な見解にもかかわらず、風刺をちりばめた表現を用い、たいへん興味深い」講演であったと述べました。

最後になる一八六〇年九月九日、ローウェルでの講演を聞いたある人はこう感想を述べています。「毎日、新聞だけ読んで満足している人々への最も愉快な批判である。……リス、魚、虫、草木に関心があるソローは……人間界で大事なことに無関心でいる権利があり、また納税するなら――彼は喜んで納めたわけではなかったが――自分の好きなように時間を過ごす権利があった」

ところで「生き方の原則」の講演回数八回は、「経済」「散歩」の各八回と並んで、ソローの講演の中で最も回数の多いものでした。ちなみに「一市民の反抗」は二回です。

原稿のことに少しふれておきます。一八六二年二月十一日――死の三カ月前――ソローは掲載誌の編集者に手紙を書きます。「病がひどいので、すぐに御返事ができませんでした。この作品を雑誌に印刷されることに異存はありません。健康が許すなら印刷用に準備することができるでしょう」

ソローの健康状態は非常に悪かったので、この手紙さえ、彼が鉛筆書きしたものを、妹ソフィアが清書せねばならないほどでした。十七日後の、二月二十八日、原稿を送ります。題は「より高い法則」The Higher Lawでした。出版者ジェームズ・T・フィールズは『森の生活』の中の「より高い法則」という章と混同される恐れがあるので、この題は好ましくないと述べました。二人は新しい題「生き方の原則」で合意しました。病状のこと、わずか十七日で原稿が出来上がっていること、さらにこの時期、ソローは「散歩」と「紅葉」の二つの講演を印刷用の原稿にすることにもたずさわっていたことから考えて、つまり時間と体力の面から見て、このエッセイはすでに行われた講演原稿が何よりも根本になっていると考えてよいでしょう。

＊

ソローの生涯のことを考えてきて、私は一つ腑に落ちないことがありました。ソローの最晩年にアメリカでは南北戦争が勃発します（ソローの死は一八六二年、南北戦争は一八六一年に始まり六五年に終わります）。ところがソローは奴隷制度廃止が重大な論点の一つであった南北戦争へと進んで行く国の情勢に距離をおいています。『ヘンリー・ソローの日々』から二カ所引用してみます。

この日［一八六一年三月四日］はリンカーンが大統領に就任した日であり、ソローは「政治屋も州も国家そのものも気に入らないし、政治家はだいたい我慢できない」と告げた。彼は共和党の二枚舌を厳しく非難し、新しい政府に好意的なオルコットに説明を求めた。

戦争は何カ月にもわたって国を二分していたが、ソローの病状は重く、ほとんど興味を示さなかった。かつての熱烈な奴隷制度廃止論者パーカー・ピルズベリーがソローに意見を求めると、こう答えた。「この国の現状はこれまでと比べてそれほど遺憾であるとは思いません（私が国を憂えるとしてですが）。……今は現状と釣り合いを取るために、できるだけ熱心にヘロドトスとストラボン、ブロジェットの『気候風土学』、『北米砂漠での六年』を読んでいます」

モンクール・コンウェーはブルランの戦い［南北戦争で南軍が勝利をあげた］の直後コンコードを訪れたが、ソローは病気なのにコンコードで唯一陽気な男であると思った。しかしチャニングは「南北戦争で国が被った災難はソローの感情に大きく作用した。『戦争が続いている間は自分は回復することはありえない』と彼は言っていた」と思いやった。

どれも不思議な対応です。というのも、ソロー家は、姉妹もそうですが、とりわけ母親が中心になって、奴隷制廃止論者を受け入れてきました。コンコードを訪れたこうした運動家でソロー家の食卓に坐らなかった者はほとんどいなかったであろうと言われています。またソロー自身、身の危険を冒しても逃亡奴隷を助ける任務に従事しました。「一市民の反抗」に結実する、人頭税の不払いによる一晩の刑務所入りも、もとはと言えば、奴隷制を容認する政府に対する抵抗でした。生涯全体で言いますと、今触れました一八四六年の市民的不服従、後に触れます一八五四年のバーンズ事件、一八五九年のジョン・ブラウン事件の三つが彼がかかわった政治的出来事といってよいでしょう。三つとも奴隷制廃止に関わりがあります。その奴隷制が中心的争点であったと言われている南北戦争にソローは距離をおいています。

余命幾ばくもないソローの病状では、もはや現実の出来事に対する強い関心は失われていたのでしょうか。あるいは内乱という同国人が血で血を洗う悲惨な情況の中で、一方を支持して満足できるというものではなかったのかもしれません。しかし、私はもう一つ重要な背景があったように思えてなりません。そしてそれは「生き方の原則」理解の核心にかかわります。

コッド岬を仲間と旅していたソローはある晩、泊めてもらえそうな家を探していました。一軒の家で、初め老婦人が現れ、すぐ引っ込んでしまいます。怯《ひる》まずドアをノックすると、白髪まじりの老人が現れ、胡散臭そうにソローたちにたずねます。事態は次のように進みます（飯田実訳『コッド岬』）。

「コンコードはボストンからどれくらい離れているのかね？」

「鉄道で二十マイルです」

「鉄道で二十マイル、か」と男はおうむ返しに言った。

「革命で有名なコンコードのことを聞いたことはないですか?」

「コンコードのことを聞いたことはないかだって? そうさな、バンカー・ヒルの会戦のときゃ、砲撃の音がここまで聞こえたよ。わしはもうじき九十歳になる。いま、八十八だでな。コンコードの戦のときは十四じゃった。――それで、お前さんたちはあの時どこにおったんじゃね?」

私たちは戦に加わっていなかったことを告白せざるを得なかった。

「まあ、中へお入り。あとは女たちに任せよう」と老人は言った。


ソローの生まれは一八一七年で、まだ独立戦争から四十年ほどしか経っていませんでした。そしてソローの周囲には、このアメリカ革命の発端となるコンコード北橋と、それに参加したコンコードの古老たちが生きていました。ところで、一七七五年四月十九日のレキシントンとコンコードでの英軍との衝突によってアメリカ独立戦争は開始されます。十九日未明に、英正規軍がレキシントンに到着し、ここでは英軍が勝利します。ところがコンコードでは、北橋において両軍が衝突しますが、コンコード民兵隊の判断の的確さと、責任ある行動で、英軍は敗走しました。これを北橋事件と呼んでいます。しかも北橋事件当時のコンコードの町民会はニューイングランド地方でも珍しいほどの自治の精神と自由で闊達な気風を持っていました。それは町の人々にとって繰り返し想起される伝説的事柄でもあったのです。

当然のことながら、独立戦争当時の町民会と、ソローの時代の町民会との相違は彼の目に映ります。その映り方はソローの場合、やはり陰翳があり独特です。『コンコード川とメリマック川の一週間』の最初の日に、彼は北橋を通過します。ソローたちは橋台の間でオールをあげて休みました。文中ではまず、「コンコードの詩人」すなわちエマソンの詩を二聯記し、次に自らの詩をかかげます。その中から三聯を訳出してみます。

この流れのほとりに　ひとつの草原があり
誰もそこに足を踏み入れない。

しかし私の夢の中では　そこは
くらべものなき豊かな作物を生み出す。

その日　向うの丘に立っていたあの男たちは
ずっと前に　逝ってしまった。
もはやその同じ手が　戦いを指揮することも
記念の石を動かすこともない。

バンカー・ヒルを見つけようとして
他の土地を探しても虚しいことだ。
レキシントンとコンコードは、
スパルタの小川の傍らにあるのではないのだから。

「くらべものなき豊かな作物を生み出す」の一節には、数十年前の過去とそれを包む広い空間が読み取れます。「他の土地を探しても虚しいことだ」は、ソローの全生涯がすでに濃縮されているように思えます。いずれにしても、これが北橋通過の際にソローが抱いた想いでした。

アメリカ革命はソローの心にこのようにしまい込まれていました。そして彼は革命の生き証人である、そうした老人たちの話に熱心に耳を傾け、しかも親交を結ぶ、そういったタイプの人間でした。先ほどのコッド岬の九十歳近い老人とソローたちはさらに会話を続けるのでした。

老人はワシントン将軍のことをよく覚えていて、将軍がボストンの通りを馬上ゆたかに通り過ぎた時の様子を、起ち上がって真似してみせてくれた。

「あのお方はそりゃ大柄な人でな、きりっとした将校じゃった。馬に乗った時の足の格好なんざ、さまになってたねぇ」……

老人は革命時代のこぼれ話をいろいろ聞かせてくれた。私たちが「それと同じことを歴史の本で読んだことがあるけど、あなたの話は本に書いてあることとぴったり一致します」というと、とても喜んだ。「そりゃ、何たって」と彼は言った。「わしはまだ十六歳の若者で、いつだって聞き耳を立てていたからな。あの年頃の若造ってのはよく目を覚ましておって、世間で起きていることを一から十まで知りたがるもんだ。うん、そうだとも！」

もう一つ例を挙げますと、ソローの師であり友であったエマソンの祖父ウィリアム・エマソンは北橋事件の当日、若い牧師だったのですが、警報に接するとすぐに、一人の民兵として銃を携え、町の広場へ駆けつけました。この祖父の自慢はその朝、自分は広場へ到着した最初の民兵の一人だったということでした。

ところで「生き方の原則」の最初の講演のわずか半年前のことですが、マサチューセッツ州で反奴隷制闘争の転換点となるバーンズ事件が起こりました。ボストンの店に雇われていた逃亡奴隷バーンズの前に前所有者が現れ、彼は逮捕され、ヴァージニアへ船で連れ戻すと言い渡されたのでした。大統領は州兵を出動させ、バーンズは武装した護衛の監視下でヴァージニアへ、そして奴隷の身分へと連れ戻されました。そのときソローの行った演説「マサチューセッツ州におけるる奴隷制度」の中に次の一節があります。

ある辺鄙な田舎町で、その地を悩ましている問題について意見を述べようと、そのために招集された町民会に農民が集まって来るような場合、これこそ真の議会であり、およそ合衆国で開かれる最も尊敬すべき議会だと思います。

この田舎町の町民会というとき、ソローの思い描いていたのは、むしろ数十年前のコンコード町民会だったでしょう。といいますのも、バーンズ事件の際は、コンコードの人々の集会は、自分たちのことは棚上げにして、ネブラスカ州の奴隷制度を非難していたからです。集会のこうした雰囲気にソローはうんざりします。彼自身はマサチューセッツ州の今、現に起こっていることにずっと関心があったのです。足元の出来事こそ問題とせねばならなかったのです。北橋事件の当時とくらべ、ソローにとってこれは落差と映ったことはまちがいありません。

さて、以上見てきたことを歴史の流れの中で考えるとき、次のように言ってよいのではないでしょうか。独立戦争当時の社会は、奴隷制があり、参政権は白人男性に限られているという問題がありました。しかし自由は地域そして個人に深くかかわるものとして尊重されていました。その自由はまさに地域住民の積極的な活動から生み出されていました。生業の営み、生計を立てることは、一般的には地域住民としての活動であり、それとは異質な巨大な商業の空間はまだ出来上がっていません。政府の領域も控え目なものでした。ワシントンが、古代ローマの共和主義者キンキナトスに倣って、責務を果たしたあと、農園生活に戻ったことは、そのことを象徴的に示しています。前面にあったのはむしろ、地域住民の積極的な活動の領域でした。

コンコードにフィッチバーグ鉄道が敷かれたこと、そしてソローの晩年に南北戦争が生じたことは、北橋事件やかつての町民会の活動に代表される人々の居場所が変化し始めていることを物語っています。ソローとその世代はこの変化の真っただ中にいたと言えるでしょう。それにたいするソローの態度は、どうだったのでしょうか。

一八三七年八月、大学の卒業の際に参加した「現代の商業精神」をめぐる会議でソローが述べたことにも現れていますが、彼は商業、市場に対して敏感な、つまり批判的な感覚を持っていました。一方、彼の家の生業は鉛筆製造および販売でした。大学卒業後、町の学校の先生になりましたが、短期間でやめたあとは、なかなか仕事が見つからず、家の鉛筆工場で働くことになります。当時、アメリカの鉛筆は輸入品のドイツ製にくらべ、砂っぽかったり、油っぽかったり、折れやすかったりで、品質は見劣りしました。ソローはただちに改良に着手します。やや技術的な事柄になりますが、具体的にはあまり知られていないことなので列挙してみましょう。従来のベーベラのロウと接着剤と鯨蠟を混ぜるやり方を改め、滑らかな鉛筆を製造するために、黒鉛とバイエルン産の粘土を混ぜる方法を見出します。細かく一様に潰《つぶ》された黒鉛を生産するため新しい器具をデザインし、作りました。黒鉛と粘土を混ぜて焼く方法に改良を加えました。また芯になる鉛を一本一本切る鋸をつくります。さらに切断しなくてよいように、初めから適切なサイズで焼くことを思いつきます。鉛筆の木部を半分に割り、芯を入れてから戻すやり方の代わりに、あらかじめ芯用の穴を木部にあけておく方法を発見します。こうしたソローの努力のおかげで、ソロー家の鉛筆は、市場で最高級とみなされるようになります。黒鉛の製造はその後も続けます。ソロー家の経済が一定の安定を維持できたのはそれによります。しかしソロー自身は、こうした改良、工夫に従事することをやめます。彼が長期間にわたって家業に打込んでいたら、製造業者として成功する十分な器用さを持っていたことは確かなようです。若い時からストア哲学に親しみ、良く生きることを何よりも考えていたソローは、思想面の理由で、市場への道をさらに進むことを自ら閉ざしたのかもしれません。しかしそれだけでなく、北橋事件や独立戦争から数十年しか経っていないソローの世代には、自らの生業をがむしゃらに広げないという傾向がまだ残っていたようにも思えます。拡大の欲望をいだき独占の傾向をますます増大させる企業の出現がはっきりするのは南北戦争後です。ソローは市場に対しては、生き方においても、言葉の使用においても、両義的であり、自己抑制が働いています。

それは政府に対しても同じです。「一市民の反抗」を訳したとき、驚いたことがありました。立法者、権威、政府、隣人、制度、州、憲法といった政治を考えるのに欠かせない言葉を、ソローは両義性を持たせて使っているのです。現実の社会での実態を表現する、ふつうの慣例的な意味と、理念的そして語源的な意味とでです。政治的な言葉にかぎらず、彼は語源にさかのぼって言葉を使うことに喜びを感じる人間でした。これも彼の両義的な言葉の使い方を支えていた一因かもしれません。また「一市民の反抗」からほぼ十年後のエッセイ「マサチューセッツ州の奴隷制度」でも、彼は政府の悪弊を一般化しているのではありません。特定の個人に対する特定の政府の悪行を非難しているのでした。独立戦争後の六、七十年間は、政府は前面になく、地方自治体と地域が政治的な活動舞台でした。ソローの政府という言葉には、「統治」が自己抑制とともにあったかつての政府と、変貌を遂げ始めている現在の政府が示す影の両面があります。

場所の力あるいは居場所が実在として十分な重みを持って浸透していた社会が変わろうとしていた、そういう時代にソローはいたのでした。最晩年のソローが南北戦争に対して距離をおく態度を、私はこうした背景の中で考えます。そして一八五四年から一八六〇年にかけて八回行われた講演「生き方の原則」は、いま述べてきた出来事、背景の中で推敲を繰り返しながら朗読されてきたのでした。「何の得になるのか」「浪費される生活」「生き方の原則」と言った演題は、こうした社会の変化に対し、ソローの全身での対応を表現しています。

＊

さて、話を少し先へ進めます。ソローには二つの空間があったことはまちがいないでしょう。

一つは書き物をした屋根裏部屋。もっとも、ふつうはウォールデン湖畔の小屋の方が有名です。確かにあの小屋にいた一八四五年七月四日から一八四七年九月九日までの、二年二カ月は、ソローの生涯の中でも実に密度の濃い日々でした。処女作『コンコード川とメリマック川の一週間』を何度も推敲したのも、そこでした。しかしこの期間、彼は完全に孤独な生活をしていたわけではありません。母と姉妹は土曜日ごとに湖をわざわざ訪れ、そのたびに調理した美味しいものを届け、彼は喜んで受け取っていたようです。またソロー自身もしばしば帰宅し、クッキーの入っている広口瓶のところへ飛んで行きました。エマソン家で夫人がディナーの鈴を鳴らすと、ソローが森を駆け抜け、柵を飛び越え、エマソン家のディナーの食卓に一番乗りするという風説も流れていました。いずれにしても、人々がいる家でおしゃべりする時間はとってありました。町にもしばしば足を向け、様子を見に来ました。一晩、コンコードの刑務所に入った日も、修繕を頼んであった片方の靴を靴屋にとりに行く途中でした。ウォールデンの小屋でもこうでしたから、生涯の全体で考えてみると著述の大半は小屋よりも、家庭の屋根裏部屋で行われた、といってよいでしょう。一八五〇年から晩年にいたる彼の充実した著述活動のすべては大通りの家（イエロー・ハウス）の屋根裏部屋で行われました。

もう一つの空間は草原。この中には、川、森、岬、牧草地、海、山などが含まれます。彼の二つの大切な作品『森の生活』と『メインの森』を考えれば、草原よりむしろ森と呼んでよいかもしれません。ここでは一応、古代ギリシャに非常に深い関心をいだいたソローのアポロン的な性格を配慮して草原としておきます。彼は午後、この意味での草原で過ごしました。歩き、調べ、メモを取りました。しばしば実行した遠出、旅もこの草原に含まれます。そして戻ると、屋根裏部屋でメモを整理したり、日記を書いたりしました。彼の文学的作品のすべてを合計しても、この日記には遥かに分量はおよびません。いや、分量だけでなく日記の質は彼の全作品と対比しても見劣りしません。日記には彼の部屋のにおいと、草原の香りがただよっています。

ところで、私たちが心に描くソローは、この屋根裏部屋と草原、この二つの空間だけのソローなのでしょうか。確かに、そうしたソロー像には世間の風潮に流されない、思索する孤独な男の魅力があります。しかし、私はソローを読みながら、あるいは訳しながら、ソローの日々の営みの中に屋根裏部屋と草原を根本的な空間としながらも、それを支える何かを感じます。それはたわいない情景の中に、つまりソローの一日一日の過ごし方の中に、さりげなく、しかし心をわくわくさせる様子であらわれます。そうした出来事や情景はソローの場合、非常にたくさんあります。『ヘンリー・ソローの日々』から二つだけ引用してみます。

……エドワード・シモンズはソローについて面白くない思い出を持っている。ある日、エドワードが旧牧師館の前の草地で遊んでいたとき、そばを通りかかったソローはこの少年が手に大きなジムタイランチョウの卵を持っているのに気づいた。もらえないかと聞かれたが、エディは手放したくなかった。するとソローは卵をくれれば本物のキツネを見せてやると約束した。少年は卵を渡し、ソローはキツネを見せてやることにした。次の日曜日、ソローは午後いっぱい使って、彼を連れたっぷり森を歩いた。お目当ての場所で二人は腹這いになり、少年には数マイルと感じられるほど長い距離を這って進んだ。しかしキツネは一匹も見ることができず、エディに卵は戻らなかった。そのため彼はずっとソローに対して恨みをいだいていたと白状する。

書き写しながら思わず笑ってしまいます。少年に大《だい》の大人が真剣な顔をしてジムタイランチョウの卵を譲ってくれと頼んでいる情景を想像してみてください。駄目だと分かると、今度はこれまた鼻の大きいインディアンのような大股歩きをするソローが知恵を振り絞って、うまいこと言いくるめて、卵を我がものとします。そしてこの大人は日曜日の午後いっぱいをこの子供のために時間を使うのです。しかも、骨折り損のくたびれ儲けで、恨みだけが残ります。これがソローの一日の紛れもない内実です。人はここに何を感じるでしょうか。崇高さはまず感じないでしょうが、同じ地面の上に生きている人間を、そして私たちの場所を感じるのではないでしょうか。

次はもう一つ、カエルに関してです。

水たまりのそばに忍耐強く長い時間坐っていると、初めは隠れていたカエルたちが静かに水面から鼻先を突き出し珍しそうにソローをじっと見つめ、しまいには一フィートたらずまで跳んできて、指で鼻をくすぐるのを許してくれ、心ゆくまで調べることができた。エマソンは例のごとく、ソローのその技に驚いたが、コンコードの住民の中にはそれほど感銘を受けない人もいた。ある農民は水たまりの真中にじっと立っている姿を見て、酒を飲みつづけて帰り道が分からなくなってしまった自分の父親だと思ったが、もっと近づいてみるとウシガエルを研究中のソローだと気づき、びっくり仰天した。

夕暮れどき、酒を飲み過ぎて帰り道の分からなくなった農民にまちがわれる雰囲気の時代に、そしてそのような場所に、ソローは暮らしていました。別の農民は後年こう語っています。

そうだなあ、ある朝、畑に出て、俺、川へ向かってそこを通ると、あの小さなぬかった池の傍らに、突っ立ってんだ、ダーヴィッド・ヘンリーが。何にもしねえで、ただ突っ立ってんだ、そこに、あの池を見ながら。それで次に俺が昼もどってくると、まだ手を後ろに組んであの池を覗き込んで立っているんだ。夕食後、いないかと思ってもう一度行ってみたら、やっぱりダーヴィッドは池を覗いているんだよ。俺は立ち止まって、顔を見ながら、「ダーヴィッド・ヘンリー、何をしとるかね？」と聞いた。ところが、ヤッコさん、こっちを振り向きも、俺の方を見もしねえだ。それから、まるで天の星でも考えているみていにね、「マリーさん、研究中です、ウシガエルの習性を！」と言うんだ。あの大馬鹿者はウシガエルの、習性の、研究に、一日中、突っ立っていたんだとよ！［ウシガエルはbull-frogでbullには「馬鹿らしい」「滑稽な」の意がある］

朝、昼と立ち続けている姿を見てしまえば、逆に農民の方も気になって、引き込まれてしまい、夕食後わざわざ見に行くことになってしまいます。そして農民も我知らず、ジョークを言う雰囲気の中で、ソローのこの情景を記憶したようです。

これがソローの隣人たちでした。先ほど、堀井梁歩の『野人ソロー』と地続きで話を進めたいと書いたのは、このことなのです。堀井は彼のソロー伝の中で、こうした人々のことを書きました。ところで、この隣人たちは、外見は異なっているように見えますが、北橋事件や当時の町民会の人々と底の方では通じていたはずです。少なくとも、ソローにおいては。それはなぜでしょうか。ここにはむずかしい、しかし根本的に重要な問題があるように思えます。ソローは「一市民の反抗」においても、また「生き方の原則」においても、年金、救貧院に距離をおきました。福祉は人間を支える一つの仕組みですが、つねに一元的なるものによる身体的、精神的な統合の側面があります。ソローはそれに気づいていたことはまちがいありません。ソローの隣人たちはそうした統合に寄りかかる人々ではありませんでした。同じように北橋事件の人々はひとたび事が起これば、広場に駆けつけました。その二つの交わるところにソローはいたように思えます。この二つをつないでいるものは何か、それはとても大切な問題です。どうも場所の力つまり居場所のようです。もっとも、ソローの場合、彼がメインの森で初めて感じた、人間に対して冷淡なそして冷酷でさえある自然とこの人間的な居場所は、背中あわせなのですが。草原をやや前かがみに大股で歩き、森の中で目を輝かせ、帆と櫂をあやつりながら川を旅したソローは、生涯を通してこの場所の力を考え抜いた人間であったように思えます。いや、結論をいそぐのは慎みましょう。ソローの一日一日を記したすばらしい『日記』がおそらくその答を示してくれるでしょう。ソローへの旅は始まったばかりなのかもしれません。

エマソンは、知人に、カーライルがここへ来たら、ソローを「コンコードの人」として紹介するつもりだ、と言いました。それは当時も、そしていまから見ても、ふさわしいニックネームです。「生き方の原則」は真空の中で、あるいは「どこにもない場所」で、原則を求めてむなしく手探りしているエッセイではありません。彼が自らの憲法ともいえる原則をどこで紡いだかは、もうおわかりでしょう。処女作『コンコード川とメリマック川の一週間』の詩句の中にそっとそれを記しました。「虚しいことだ、他の土地を探しても」……

私たちの周囲はいま、年金、医療、雇用の話題ばかりで、息が苦しくなります。深呼吸が必要です。ソローは本書の最後で言います。「いつも消化不良の人間として自分たちの悪夢を話すためにではなく、時には消化良好の人間として永遠に神々しい朝を讃えあうために出会えないものでしょうか」そして「朝を讃えあう」ことは法外な望みではないとつけ加えました。

*

この訳書はプリンストン大学出版会版ソロー著作集『改革論集』（一九七三年）に収録されている「生き方の原則」を底本としました。翻訳に際しては、富田彬訳「主義なき生活」（『市民としての反抗』岩波文庫)、木村靖子訳「無原則な生活」(『H・D・ソロー』アメリカ古典文庫4 研究社)、飯田実訳「原則のない生活」(『市民の反抗』岩波文庫)を参照し、貴重な示唆を受けました。

本書の翻訳では、前回の『一市民の反抗』の時と同様に、講演会場で聴衆に語りかける文章であることを考えながら訳しました。

二〇〇七年十月

訳者

ソロー略年譜

一八一七年――七月十二日。コンコードに生まれる。
一八一八～二三年――ソロー家はチェムズフォードとボストンに暮らす。
一八二三年――コンコードに戻る。
一八三三年――ハーバード大学に入学。
一八三四年――エマソンがコンコードに定住。
一八三七年――ハーバード大学卒業。エマソンと親しくなる。十月二十二日から日記を付け始める。
一八三八年――コンコードの学校で教える。コンコード文化協会で最初の講演。
一八三九年――兄ジョンとともにコンコード川とメリマック川を旅する。
一八四一～四三年――コンコードのエマソン家で暮らす。
一八四二年――兄ジョン死去。
一八四三年――家庭教師としてスタテン島へ。
一八四五～四七年――ウォールデン湖畔で暮らす。
一八四六年――コンコード刑務所で一晩を過ごす。
一八四七～四八年――エマソン家で暮らす。
一八四九年――『コンコード川とメリマック川の一週間』刊行。
一八五〇年――カナダ訪問。
一八五四年――『森の生活』刊行。
一八五九年――ジョン・ブラウン擁護の演説をする。
一八六一年――療養のためミネソタへ行く。
一八六二年――五月六日。コンコードにて死去。

Life
Without Principle

HENRY DAVID THOREAU

BUNYU-SHA

Text:1906 Houghton Mifflin edition printing of the essay.

Engraving: John Warner Barber, Monument at Concord.

At a lyceum, not long since, I felt that the lecturer had chosen a theme too foreign to himself, and so failed to interest me as much as he might have done. He described things not in or near to his heart, but toward his extremities and superficies. There was, in this sense, no truly central or centralizing thought in the lecture. I would have had him deal with his privatest experience, as the poet does. The greatest compliment that was ever paid me was when one asked me what *I thought*, and attended to my answer. I am surprised, as well as delighted, when this happens, it is such a rare use he would make of me, as if he were acquainted with the tool. Commonly, if men want anything of me, it is only to know how many acres I make of their land, — since I am a surveyor, — or, at most, what trivial news I have burdened myself with. They never will go to law for my meat; they prefer the shell. A man once came a considerable distance to ask me to lecture on Slavery; but on conversing with him, I found that he and his clique expected seven-eighths of the lecture to be theirs, and only one-eighth mine; so I declined. I take it for granted, when I am invited to lecture anywhere, — for I have had a little experience in that business, — that there is a desire to hear what *I think* on some subject, though I may be the greatest fool in the country, — and not that I should say pleasant things merely, or such as the audience will assent to; and I resolve, accordingly, that I will give them a strong dose of myself. They have sent for me, and engaged to pay for me, and I am determined that they shall have me, though I bore them beyond all precedent.

So now I would say something similar to you, my readers. Since *you* are my readers, and I have not been much of a traveller, I will not talk about people a thousand

miles off, but come as near home as I can. As the time is short, I will leave out all the flattery, and retain all the criticism.

Let us consider the way in which we spend our lives.

This world is a place of business. What an infinite bustle! I am awaked almost every night by the panting of the locomotive. It interrupts my dreams. There is no sabbath. It would be glorious to see mankind at leisure for once. It is nothing but work, work, work. I cannot easily buy a blank-book to write thoughts in; they are commonly ruled for dollars and cents. An Irishman, seeing me making a minute in the fields, took it for granted that I was calculating my wages. If a man was tossed out of a window when an infant, and so made a cripple for life, or scared out of his wits by the Indians, it is regretted chiefly because he was thus incapacitated for — business! I think that there is nothing, not even crime, more opposed to poetry, to philosophy, ay, to life itself, than this incessant business.

There is a coarse and boisterous money-making fellow in the outskirts of our town, who is going to build a bank-wall under the hill along the edge meadow. The powers have put this into his head to keep him out of mischief, and he wishes me to spend three weeks digging there with him. The result will be that he will perhaps get some more money to hoard, and leave for his heirs to spend foolishly. If I do this, most will commend me as an industrious and hard-working man; but if I choose to devote myself to certain labors which yield more real profit, though but little money, they may be inclined to look on me as an idler. Nevertheless, as I do not need the police of meaningless labor to regulate me, and do

not see anything absolutely praiseworthy in this fellow's undertaking, any more than in many an enterprise of our own or foreign governments however amusing it may be to him or them, I prefer to finish my education at a different school.

If a man walk in the woods for love of them half of each day, he is in danger of being regarded as a loafer; but if he spends his whole day as a speculator, shearing off those woods and making earth bald before her time, he is esteemed an industrious and enterprising citizen. As if a town had no interest in its forests but to cut them down!

Most men would feel insulted, if it were proposed all and to employ them in throwing stones over a wall, and then in throwing them back, merely that they might earn their wages. But many are no more worthily employed now. For instance: just after sunrise, one summer morning, I noticed one of my neighbors walking beside his team, which was slowly drawing a heavy hewn stone swung under the axle, surrounded by an atmosphere of industry, — his day's work begun, — his brow commenced to sweat, — a reproach to all sluggards and idlers, — pausing abreast the shoulders of his oxen, and half turning round with a flourish of his merciful whip, while they gained their length on him. And I thought, Such is the labor which the American Congress exists to protect, — honest, manly toil, — honest as the day is long, — that makes his bread taste sweet, and keeps society sweet, — which all men respect and have consecrated: one of the sacred band, doing the needful, but irksome drudgery. Indeed, I felt a slight reproach, because I observed this from the window, and was not abroad and stirring about a similar business. The day went by, and at evening I passed the yard of another

neighbor, who keeps many servants, and spends much money foolishly, while he adds nothing to the common stock, and there I saw the stone of the morning lying beside a whimsical structure intended to adorn this Lord Timothy Dexter's premises, and the dignity forthwith departed from the teamster's labor, in my eyes. In my opinion, the sun was made to light worthier toil than this. I may add, that his employer has since run off, in debt to a good part of the town, and, after passing through Chancery, has settled somewhere else, there to become once more a patron of the arts.

The ways by which you may get money almost without exception lead downward. To have done anything by which you earned money *merely* is to have been truly idle or worse. If the laborer gets no more than the wages which his employer pays him, he is cheated, he cheats himself. If you would get money as a writer or lecturer, you must be popular, which is to go down perpendicularly. Those services which the community will most readily pay for it is most disagreeable to render. You are paid for being something less than a man. The State does not commonly reward a genius any more wisely. Even the poet-laureate would rather not have to celebrate the accidents of royalty. He must be bribed with a pipe of wine; and perhaps another poet is called away from his muse to gauge that very pipe. As for my own business, even that kind of surveying which I could do with most satisfaction my employers do not want. They would prefer that I should do my work coarsely and not too well, ay, not well enough. When I observe that there are different ways of surveying, my employer commonly asks which will give him the most land, not which is most correct. I once invented a

rule for measuring cord-wood, and tried to introduce it in Boston; but the measurer there told me that the sellers did not wish to have their wood measured correctly, — that he was already too accurate for them, and therefore they commonly got their wood measured in Charlestown before crossing the bridge.

The aim of the laborer should be, not to get his living, to get "a good job," but to perform well a certain work; and, even in a pecuniary sense, it would be economy for a town to pay its laborers so well that they would not feel that they were working for low ends, as for a livelihood merely, but for scientific, or even moral ends. Do not hire a man who does your work for money, but him who does it for love of it.

It is remarkable that there are few men so well employed, so much to their minds, but that a little money or fame would commonly buy them off from their present pursuit. I see advertisements for *active* young men, as if activity were the whole of a young man's capital. Yet I have been surprised when one has with confidence proposed to me, a grown man, to embark in some enterprise of his, as if I had absolutely nothing to do, my life having been a complete failure hitherto. What a doubtful compliment this to pay me! As if he had met me half-way across the ocean beating up against the wind, but bound nowhere, and proposed to me to go along with him! If I did, what do you think the underwriters would say? No, no! I am not without employment at this stage of the voyage. To tell the truth, I saw an advertisement for able-bodied seamen, when I was a boy, sauntering in my native port, and as soon as I came of age I embarked.

The community has no bribe that will tempt a wise

man. You may raise money enough to tunnel a mountain. but you cannot raise money enough to hire a man who is minding *his own* business. An efficient and valuable man does what he can, whether the community pay him for it or not. The inefficient offer their inefficiency to the highest bidder, and are forever expecting to be put into office. One would suppose that they were rarely disappointed.

Perhaps I am more than usually jealous with respect to my freedom. I feel that my connection with and obligation to society are still very slight and transient. Those slight labors which afford me a livelihood, and by which it is allowed that I am to some extent serviceable to my contemporaries, are as yet commonly a pleasure to me, and I am not often reminded that they are a necessity. So far I am successful. But I foresee, that, if my wants should be much increased, the labor required to supply them would become a drudgery. If I should sell both my forenoons and afternoons to society, as most appear to do, I am sure, that, for me, there would be nothing left worth living for. I trust that I shall never thus sell my birthright for a mess of pottage. I wish to suggest that a man may be very industrious, and yet not spend his time well. There is no more fatal blunderer than he who consumes the greater part of his life getting his living. All great enterprises are self-supporting. The poet, for instance, must sustain his body by his poetry, as a steam planing-mill feeds its boilers with the shavings it makes. You must get your living by loving. But as it is said of the merchants that ninety-seven in a hundred fail, so the life of men generally, tried by this standard, is a failure, and bankruptcy may be surely prophesied.

Merely to come into the world the heir of a fortune is not to be born, but to be still-born, rather. To be supported by the charity of friends, or a government-pension, — provided you continue to breathe, — by whatever fine synonymes you describe these relations, is to go into the almshouse. On Sundays the poor debtor goes to church to take an account of stock, and finds, of course, that his outgoes have been greater than his income. In the Catholic Church, especially, they go into Chancery, make a clean confession, give up all, and think to start again. Thus men will lie on their backs, talking about the fall of man, and never make an effort to get up.

As for the comparative demand which men make on life, it is an important difference between two, that the one is satisfied with a level success, that his marks can all be hit by point-blank shots, but the other, however low and unsuccessful his life may be, constantly elevates his aim, though at a very slight angle to the horizon. I should much rather be the last man, — though, as the Orientals say, "Greatness doth not approach him who is forever looking down; and all those who are looking high are growing poor."

It is remarkable that there is little or nothing to be remembered written on the subject of getting a living; how to make getting a living not merely honest and honorable, but altogether inviting and glorious; for if *getting* a living is not so, then living is not. One would think, from looking at literature, that this question had never disturbed a solitary individuals musings. Is it that men are too much disgusted with their experience to speak of it? The lesson of value which money teaches, which the Author of the Universe has taken so much pains to teach

us, we are inclined to skip altogether. As for the means of living, it is wonderful how indifferent men of all classes are about it, even reformers, so called, — whether they inherit, or earn, or steal it. I think that society has done nothing for us in this respect, or at least has undone what she has done. Cold and hunger seem more friendly to my nature than those methods which men have adopted and advise to ward them off.

The title *wise* is, for the most part, falsely applied. How can one be a wise man, if he does not know any better how to live than other men? — if he is only more cunning and intellectually subtle? Does Wisdom work in a tread-mill? or does she teach how to succeed *by her example?* Is there any such thing as wisdom not applied to life? Is she merely the miller who grinds the finest logic? It is pertinent to ask if Plato got his *living* in a better way or more successfully than his contemporaries, — or did he succumb to the difficulties of life like other men? Did he seem to prevail over some of them merely by indifference, or by assuming grand airs? or find it easier to live, because his aunt remembered him in her will? The ways in which most men get their living, that is, live, are mere makeshifts, and a shirking of the real business of life, — chiefly because they do not know, but partly because they do not mean, any better.

The rush to California, for instance, and the attitude, not merely of merchants, but of philosophers and prophets, so called, in relation to it, reflect the greatest disgrace on mankind. That so many are ready to live by luck, and so get the means of commanding the labor of others less lucky, without contributing any value to society! And that is called enterprise! I know of no more

startling development of the immorality of trade, and all the common modes of getting a living. The philosophy and poetry and religion of such a mankind are not worth the dust of a puff-ball. The hog that gets his living by rooting, stirring up the soil so, would be ashamed of such company. If I could command the wealth of all the worlds by lifting my finger, I would not pay *such* a price for it. Even Mahomet knew that God did not make this world in jest. It makes God to be a moneyed gentleman who scatters a handful of pennies in order to see mankind scramble for them. The world's raffle! A subsistence in the domains of Nature a thing to be raffled for! What a comment, what a satire on our institutions! The conclusion will be, that mankind will hang itself upon a tree. And have all the precepts in all the Bibles taught men only this? and is the last and most admirable invention of the human race only an improved muck-rake? Is this the ground on which Orientals and Occidentals meet? Did God direct us so to get our living, digging where we never planted, — and He would, perchance, reward us with lumps of gold?

God gave the righteous man a certificate entitling him to food and raiment, but the unrighteous man found a *facsimile* of the same in God's coffers, and appropriated it, and obtained food and raiment like the former. It is one of the most extensive systems of counterfeiting that the world has seen. I did not know that mankind were suffering for want of gold. I have seen a little of it. I know that it is very malleable, but not so malleable as wit. A grain of gold will gild a great surface, but not so much as a grain of wisdom.

The gold-digger in the ravines of the mountains is as much a gambler as his fellow in the saloons of San

Francisco. What difference does it make, whether you shake dirt or shake dice? If you win, society is the loser. The gold-digger is the enemy of the honest laborer, whatever checks and compensations there may be. It is not enough to tell me that you worked hard to get your gold. So does the Devil work hard. The way of transgressors may be hard in many respects. The humblest observer who goes to the mines sees and says that gold-digging is of the character of a lottery; the gold thus obtained is not the same thing with the wages of honest toil. But, practically, he forgets what he has seen, for he has seen only the fact, not the principle, and goes into trade there, that is, buys a ticket in what commonly proves another lottery, where the fact is not so obvious.

After reading Howitt's account of the Australian gold-diggings one evening, I had in my mind's eye, all night, the numerous valleys, with their streams, all cut up with foul pits, from ten to one hundred feet deep, and half a dozen feet across, as close as they can be dug, and partly filled with water, — the locality to which men furiously rush to probe for their fortunes, — uncertain where they shall break ground, — not knowing but the gold is under their camp itself, — sometimes digging one hundred and sixty feet before they strike the vein, or then missing it by a foot, — turned into demons, and regardless of each other's rights, in their thirst for riches, — whole valleys, for thirty miles, suddenly honey-combed by the pits of the miners, so that even hundreds are drowned in them, — standing in water, and covered with mud and clay, they work night and day, dying of exposure and disease. Having read this, and partly forgotten it, I was thinking, accidentally, of my own unsatisfactory life, doing as others

do; and with that vision of the diggings still before me, I asked myself, why *I* might not be washing sonic gold daily, though it were only the finest particles, — why *I* might not sink a shaft down to the gold within me, and work that mine. *There* is a Ballarat, a Bendigo for you, — what though it were a sulky-gully? At any rate, I might pursue some path, however solitary and narrow and crooked, in which I could walk with love and reverence. Wherever a man separates from the multitude, and goes his own way in this mood, there indeed is a fork in the road, though ordinary travellers may see only a gap in the paling. His solitary path across-lots will turn out the *higher way* of the two.

Men rush to California and Australia as if the true gold were to be found in that direction; but that is to go to the very opposite extreme to where it lies. They go prospecting farther and farther away from the true lead, and are most unfortunate when they think themselves most successful. Is not our *native* soil auriferous? Does not a stream from the golden mountains flow through our native valley? and has not this for more than geologic ages been bringing down the shining particles and forming the nuggets for us? Yet, strange to tell, if a digger steal away, prospecting for this true gold, into the unexplored solitudes around us, there is no danger that any will dog his steps, and endeavor to supplant him. He may claim and undermine the whole valley even, both the cultivated and the uncultivated portions, his whole life long in peace, for no one will ever dispute his claim. They will not mind his cradles or his toms. He is not confined to a claim twelve feet square, as at Ballarat, but may mine anywhere, and wash the whole wide world in his tom.

Howitt says of the man who found the great nugget which weighed twenty-eight pounds, at the Bendigo diggings in Australia: — "He soon began to drink; got a horse and rode all about, generally at full gallop, and, when he met people, called out to inquire if they knew who he was, and then kindly informed them that he was 'the bloody wretch that had found the nugget.' At last he rode full speed against a tree, and I think however nearly knocked his brains out." I think, however, there was no danger of that, for he had already knocked his brains out against the nugget. Howitt adds, "He is a hopelessly ruined man." But he is a type of the class. They are all fast men. Hear some of the names of the places where they dig: — "Jackass Flat," — "Sheep's-Head Gully," — "Murderer's Bar", etc. Is there no satire in these names? Let them carry their ill-gotten wealth where they will, I am thinking it will still be "Jackass Flat," if not "Murderer's Bar," where they live.

The last resource of our energy has been the robbing of graveyards on the Isthmus of Darien, an enterprise which appears to be but in its infancy; for, according to late accounts, an act has passed its second reading in the legislature of New Granada, regulating this kind of mining; and a correspondent of the *Tribune* writes: — "In the dry season, when the weather will permit of the country being properly prospected, no doubt other rich '*guacas*' [that is, graveyards] will be found." To emigrants he says: — "Do not come before December; take the Isthmus route in preference to the Boca del Toro one; bring no useless baggage, and do not cumber yourself with a tent; but a good pair of blankets will be necessary; a pick, shovel, and axe of good material will be almost

all that is required": advice which might have been taken from the "Burker's Guide." And he concludes with this line in Italics and small capitals: "*If you are doing well at home*, STAY THERE," which may fairly be interpreted to mean, "If you are getting a good living by robbing graveyards at home, stay there."

But why go to California for a text? She is the child of New England, bred at her own school and church.

It is remarkable that among all the preachers there are so few moral teachers. The prophets are employed in excusing the ways of men. Most reverend seniors, the *illuminati* of the age, tell me, with a gracious, reminiscent smile, betwixt an aspiration and a shudder, not to be too tender about these things, — to lump all that, that is, make a lump of gold of it. The highest advice I have heard on these subjects was grovelling. The burden of it was, — It is not worth your while to undertake to reform the world in this particular. Do not ask how your bread is buttered; it will make you sick, if you do, — and the like. A man had better starve at once than lose his innocence in the process of getting his bread. If within the sophisticated man there is not an unsophisticated one, then he is but one of the devil's angels. As we grow old, we live more coarsely, we relax a little in our disciplines, and, to some extent, cease to obey our finest instincts. But we should be fastidious to the extreme of sanity, disregarding the gibes of those who are more unfortunate than ourselves.

In our science and philosophy, even, there is commonly no true and absolute account of things. The spirit of sect and bigotry has planted its hoof amid the stars. You have only to discuss the problem, whether the stars are inhabited or not, in order to discover it. Why

must we daub the heavens as well as the earth? It was an unfortunate discovery that Dr. Kane was a Mason, and that Sir John Franklin was another. But it was a more cruel suggestion that possibly that was the reason why the former went in search of the latter. There is not a popular magazine in this country that would dare to print a child's thought on important subjects without comment. It must be submitted to the D. D.s. I would it were the chickadee-dees.

You come from attending the funeral of mankind to attend to a natural phenomenon. A little thought is sexton to all the world.

I hardly know an *intellectual* man, even, who is so broad and truly liberal that you can think aloud in his society. Most with whom you endeavor to talk soon come to a stand against some institution in which they appear to hold stock, — that is, some particular, not universal, way of viewing things. They will continually thrust their own low roof, with its narrow skylight, between you and the sky, when it is the unobstructed heavens you would view. Get out of the way with your cobwebs, wash your windows, I say! In some lyceums they tell me that they have voted to exclude the subject of religion. But how do I know what their religion is, and when I am near to or far from it? I have walked into such an arena and done my best to make a clean breast of what religion I have experienced, and the audience never suspected what I was about. The lecture was as harmless as moonshine to them. Whereas, if I had read to them the biography of the greatest scamps in history, they might have thought that I had written the lives of the deacons of their church. Ordinarily, the inquiry is, Where did you come from? or,

Where are you going? That was a more pertinent question which I overheard one of my auditors put to another one, — "What does he lecture for?" It made me quake in my shoes.

To speak impartially, the best men that I know are not serene, a world in themselves. For the most part, they dwell in forms, and flatter and study effect only more finely than the rest. We select granite for the underpinning of our houses and barns; we build fences of stone; but we do not ourselves rest on an underpinning of granitic truth, the lowest primitive rock. Our sills are rotten. What stuff is the man made of who is not coexistent in our thought with the purest and subtilest truth? I often accuse my finest acquaintances of an immense frivolity; for, while there are manners and compliments we do not meet, we do not teach one another the lessons of honesty and sincerity that the brutes do, or of steadiness and solidity that the rocks do. The fault is commonly mutual, however; for we do not habitually demand any more of each other.

That excitement about Kossuth, consider how characteristic, but superficial, it was! — only another kind of politics or dancing. Men were making speeches to him all over the country, but each expressed only the thought, or the want of thought, of the multitude. No man stood on truth. They were merely banded together, as usual, one leaning on another, and all together on nothing; as the Hindoos made the world rest on an elephant, the elephant on a tortoise, and the tortoise on a serpent, and had nothing to put under the serpent. For all fruit of that stir we have the Kossuth hat.

Just so hollow and ineffectual, for the most part, is our ordinary conversation. Surface meets surface. When

our life ceases to be inward and private, conversation degenerates into mere gossip. We rarely meet a man who can tell us any news which he has not read in a newspaper, or been told by his neighbor; and, for the most part, the only difference between us and our fellow is, that he has seen the newspaper, or been out to tea, and we have not. In proportion as our inward life fails, we go more constantly and desperately to the post-office. You may depend on it, that the poor fellow who walks away with the greatest number of letters, proud of his extensive correspondence, has not heard from himself this long while.

I do not know but it is too much to read one newspaper a week. I have tried it recently, and for so long it seems to me that I have not dwelt in my native region. The sun, the clouds, the snow, the trees say not so much to me. You cannot serve two masters. It requires more than a day's devotion to know and to possess the wealth of a day.

We may well be ashamed to tell what things we have read or heard in our day. I do not know why my news should be so trivial, — considering what one's dreams and expectations are, why the developments should be so paltry. The news we hear, for the most part, is not news to our genius. It is the stalest repetition. You are often tempted to ask, why such stress is laid on a particular experience which you have had, — that, after twenty-five years, you should meet Hobbins, Registrar of Deeds, again on the sidewalk. Have you not budged an inch, then? Such is the daily news. Its facts appear to float in the atmosphere, insignificant as the sporules of fungi, and impinge on some neglected *thallus*, or surface of

our minds, which affords a basis for them, and hence a parasitic growth. We should wash ourselves clean of such news. Of what consequence, though our planet explode, if there is no character involved in the explosion? In health we have not the least curiosity about such events. We do not live for idle amusement. I would not run round a corner to see the world blow up.

All summer, and far into the autumn, perchance, you unconsciously went by the newspapers and the news, and now you find it was because the morning and the evening were full of news to you. Your walks were full of incidents. You attended, not to the affairs of Europe, but to your own affairs in Massachusetts fields. If you chance to live and move and have your being in that thin stratum in which the events that make the news transpire, — thinner than the paper on which it is printed, — then these things will fill the world for you; but if you soar above or dive below that plane, you cannot remember nor be reminded of them. Really to see the sun rise or go down every day, so to relate ourselves to a universal fact, would preserve us sane forever. Nations! What are nations? Tartars, and Huns, and Chinamen! Like insects, they swarm. The historian strives in vain to make them memorable. It is for want of a man that there are so many men. It is individuals that populate the world. Any man thinking may say with the Spirit of Lodin, —

"I look down from my height on nations,
And they become ashes before me; —
Calm is dwelling in the clouds;
Pleasant are the great fields of my rest."

Pray, let us live without being drawn by dogs, Esquimaux-fashion, tearing over hill and dale, and biting each other's ears.

Not without a slight shudder at the danger, I often perceive how near I had come to admitting into my mind the details of some trivial affair, — the news of the street; and I am astonished to observe how willing men are to lumber their minds with such rubbish, — to permit idle rumors and incidents of the most insignificant kind to intrude on ground which should be sacred to thought. Shall the mind be a public arena, where the affairs of the street and the gossip of the tea-table chiefly are discussed? Or shall it be a quarter of heaven itself, — an hypaethral temple, consecrated to the service of the gods? I find it so difficult to dispose of the few facts which to me are significant, that I hesitate to burden my attention with those which are insignificant, which only a divine mind could illustrate. Such is, for the most part, the news in newspapers and conversation. It Is important to preserve the mind's chastity in this respect. Think of admitting the details of a single case of the criminal court into our thoughts, to stalk profanely through their very *sanctum sanctorum* for an hour, ay, for many hours! to make a very bar-room of the mind's inmost apartment, as if for so long the dust of the street had occupied us, — the very street itself, with all its travel, its bustle, and filth had passed through our thoughts' shrine! Would it not be an intellectual and moral suicide? When I have been compelled to sit spectator and auditor in a court-room for some hours, and have seen my neighbors, who were not compelled, stealing in from time to time, and tiptoeing about with washed hands and faces, it has appeared to my

mind's eye, that, when they took off their hats, their ears suddenly expanded into vast hoppers for sound, between which even their narrow heads were crowded. Like the vanes of windmills, they caught the broad, but shallow stream of sound, which, after a few titillating gyrations in their coggy brains, passed out the other side. I wondered if, when they got home, they were as careful to wash their ears as before their hands and faces. It has seemed to me, at such a time, that the auditors and the witnesses, the jury and the counsel, the judge and the criminal at the bar, — if I may presume him guilty before he is convicted, — were all equally criminal, and a thunderbolt might be expected to descend and consume them all together.

By all kinds of traps and sign-boards, threatening the extreme penalty of the divine law, exclude such trespassers from the only ground which can be sacred to you. It is so hard to forget what it is worse than useless to remember! If I am to be a thoroughfare, I prefer that it be of the mountain-brooks, the Parnassian streams, and not the town-sewers. There is inspiration, that gossip which comes to the ear of the attentive mind from the courts of heaven. There is the profane and stale revelation of the bar-room and the police court. The same ear is fitted to receive both communications. Only the character of the hearer determines to which it shall be open, and to which closed. I believe that the mind can be permanently profaned by the habit of attending to trivial things, so that all our thoughts shall be tinged with triviality. Our very intellect shall be macadamized as it were, — its foundation broken into fragments for the wheels of travel to roll over; and if you would know what will make the most durable pavement, surpassing rolled stones, spruce blocks, and

asphaltum, you have only to look into some of our minds which have been subjected to this treatment so long.

If we have thus desecrated ourselves, — as who has not? — the remedy will be by wariness and devotion to reconsecrate ourselves, and make once more a fane of the mind. We should treat our minds, that is, ourselves, as innocent and ingenuous children, whose guardians we are, and be careful what objects and what subjects we thrust on their attention. Read not the Times. Read the Eternities. Conventionalities are at length as bad as impurities. Even the facts of science may dust the mind by their dryness, unless they are in a sense effaced each morning, or rather rendered fertile by the dews of fresh and living truth. Knowledge does not come to us by details, but in flashes of light from heaven. Yes, every thought that passes through the mind helps to wear and tear it, and to deepen the ruts, which, as in the streets of Pompeii, evince how much it has been used. How many things there are concerning which we might well deliberate, whether we had better know them, — had better let their peddling-carts be driven, even at the slowest trot or walk, over that bridge of glorious span by which we trust to pass at last from the farthest brink of time to the nearest shore of eternity! Have we no culture, no refinement, — but skill only to live coarsely and serve the Devil? — to acquire a little worldly wealth, or fame, or liberty, and make a false show with it, as if we were all husk and shell, with no tender and living kernel to us? Shall our institutions be like those chestnut-burs which contain abortive nuts, perfect only to prick the fingers?

America is said to be the arena on which the battle of freedom is to be fought; but surely it cannot be freedom in a merely political sense that is meant. Even if we grant that

the American has freed himself from a political tyrant, he is still the slave of an economical and moral tyrant. Now that the republic — the *res-publica* — has been settled, it is time to look after the *res-privata* — the private state, — to see, as the Roman senate charged its consuls, "*ne quid res-*PRIVATA *detrimenti caperet*," that the *private* state receive no detriment.

Do we call this the land of the free? What is it to be free from King George and continue the slaves of King Prejudice? What is it to be born free and not to live free? What is the value of any political freedom, but as a means to moral freedom? Is it a freedom to be slaves, or a freedom to be free, of which we boast? We are a nation of politicians, concerned about the outmost defences only of freedom. It is our children's children who may perchance be really free. We tax ourselves unjustly. There is a part of us which is not represented. It is taxation without representation. We quarter troops, we quarter fools and cattle of all sorts upon ourselves. We quarter our gross bodies on our poor souls, till the former eat up all the latter's substance.

With respect to a true culture and manhood, we are essentially provincial still, not metropolitan, — mere Jonathans. We are provincial, because we do not find at home our standards, — because we do not worship truth, but the reflection of truth, — because we are warped and narrowed by an exclusive devotion to trade and commerce and manufactures and agriculture and the like, which are but means, and not the end.

So is the English Parliament provincial. Mere country-bumpkins, they betray themselves, when any more important question arises for them to settle, the

Irish question, for instance, — the English question why did I not say? Their natures are subdued to what they work in. Their "good breeding" respects only secondary objects. The finest manners in the world are awkwardness and fatuity, when contrasted with a finer intelligence. They appear but as the fashions of past days, — mere courtliness, knee-buckles and small-clothes, out of date. It is the vice, but not the excellence of manners, that they are continually being deserted by the character; they are cast-off clothes or shells, claiming the respect which belonged to the living creature. You are presented with the shells instead of the meat, and it is no excuse generally, that, in the case of some fishes, the shells are of more worth than the meat. The man who thrusts his manners upon me does as if he were to insist on introducing me to his cabinet of curiosities, when I wished to see himself. It was not in this sense that the poet Decker called Christ "the first true gentleman that ever breathed." I repeat that in this sense the most splendid court in Christendom is provincial, having authority to consult about Transalpine interests only, and not the affairs of Rome. A praetor or proconsul would suffice to settle the questions which absorb the attention of the English Parliament and the American Congress.

Government and legislation! these I thought were respectable professions. We have heard of heaven-born Numas, Lycurguses, and Solons, in the history of the world, whose *names* at least may stand for ideal legislators; but think of legislating to *regulate* the breeding of slaves, or the exportation of tobacco! What have divine legislators to do with the exportation or the importation of tobacco? what humane ones with the breeding of slaves? Suppose

you were to submit the question to any son of God, — and has He no children in the nineteenth century? is it a family which is extinct?, — in what condition would you get it again? What shall a State like Virginia say for itself at the last day, in which these have been the principal, the staple productions? What ground is there for patriotism in such a State? I derive my facts from statistical tables which the States themselves have published.

A commerce that whitens every sea in quest of nuts and raisins, and makes slaves of its sailors for this purpose! I saw, the other day, a vessel which had been wrecked, and many lives lost, and her cargo of rags, juniper-berries, and bitter almonds were strewn along the shore. It seemed hardly worth the while to tempt the dangers of the sea between Leghorn and New York for the sake of a cargo of juniper-berries and bitter almonds. America sending to the Old World for her bitters! Is not the sea-brine, is not shipwreck, bitter enough to make the cup of life go down here? Yet such, to a great extent, is our boasted commerce; and there are those who style themselves statesmen and philosophers who are so blind as to think that progress and civilization depend on precisely this kind of interchange and activity, — the activity of flies about a molasses-hogshead. Very well, observes one, if men were oysters. And very well, answer I, if men were mosquitoes.

Lieutenant Herndon, whom our Government sent to explore the Amazon, and, it is said, to extend the area of Slavery, observed that there was wanting there "an industrious and active population, who know what the comforts of life are, and who have artificial wants to draw out the great resources of the country." But what are the "artificial wants" to be encouraged? Not the love

of luxuries, like the tobacco and slaves of, I believe, his native Virginia, nor the ice and granite and other material wealth of our native New England; nor are "the great resources of a country" that fertility or barrenness of soil which produces these. The chief want, in every State that I have been into, was a high and earnest purpose in its inhabitants. This alone draws out "the great resources" of Nature, and at last taxes her beyond her resources; for man naturally dies out of her. When we want culture more than potatoes, and illumination more than sugar-plums, then the great resources of a world are taxed and drawn out, and the result, or staple production, is, not slaves, nor operatives, but men, — those rare fruits called heroes, saints, poets, philosophers, and redeemers.

In short, as a snow-drift is formed where there is a lull in the wind, so, one would say, where there is a lull of truth, an institution springs up. But the truth blows right on over it, nevertheless, and at length blows it down.

What is called politics is comparatively something so superficial and inhuman, that, practically, I have never fairly recognized that it concerns me at all. The newspapers, I perceive, devote some of their columns specially to politics or government without charge; and this, one would say, is all that saves it; but, as I love literature, and, to some extent, the truth also, I never read those columns at any rate. I do not wish to blunt my sense of right so much. I have not got to answer for having read a single President's Message. A strange age of the world this, when empires, kingdoms, and republics come a-begging to a private man's door, and utter their complaints at his elbow! I cannot take up a newspaper but I find that some wretched government or other, hard

pushed, and on its last legs, is interceding with me, the reader, to vote for it, — more importunate than an Italian beggar; and if I have a mind to look at its certificate, made, perchance, by some benevolent merchant's clerk, or the skipper that brought it over, for it cannot speak a word of English itself, I shall probably read of the eruption of some Vesuvius, or the overflowing of some Po, true or forged, which brought it into this condition. I do not hesitate, in such a case, to suggest work, or the almshouse; or why not keep its castle in silence, as I do commonly? The poor President, what with preserving his popularity and doing his duty, is completely bewildered. The newspapers are the ruling power. Any other government is reduced to a few marines at Fort Independence. If a man neglects to read the Daily Times, Government will go down on its knees to him, for this is the only treason in these days.

Those things which now most engage the attention of men, as politics and the daily routine, are, it is true, vital functions of human society, but should be unconsciously performed like the corresponding functions of the physical body. They are *infra*-human, a kind of vegetation. I sometimes awake to a half-consciousness of them going on about me, as a man may become conscious of some of the processes of digestion in a morbid state, and so have the dyspepsia, as it is called. It is as if a thinker submitted himself to be rasped by the great gizzard of creation. Politics is, as it were, the gizzard of society, full of grit and gravel, and the two political parties are its two opposite halves, — sometimes split into quarters, it may be, which grind on each other. Not only individuals, but States, have thus a confirmed dyspepsia, which expresses itself, you can imagine by what sort of eloquence. Thus

our life is not altogether a forgetting, but also, alas! to a great extent, a remembering of that which we should never have been conscious of, certainly not in our waking hours. Who should we not meet, not always as dyspeptics, to tell our bad dreams, but sometimes as *eu*peptics, to congratulate each other on the ever glorious morning? I do not make an exorbitant demand, surely.

ヘンリー・デイヴィッド・ソロー（Henry David Thoreau）

一八一七〜一八六二。アメリカ・マサチューセッツ州・ボストン近郊のコンコードに生まれる。詩人、作家、思想家、ナチュラリストなど多彩な顔を持つ。学生時代から、古典ギリシャ・ローマ、中世ヨーロッパの文学を深く愛し、また、東洋思想にも興味を持つ。自らの実践と観察、思索から生みだされた『森の生活』『メインの森』『一市民の反抗』『生き方の原則』「散歩」など数多くの著作のほか、アメリカ先住民や考古学・民俗学・博物学への関心を深め、最晩年まで続く膨大な日記に書き記す。その著作は、トルストイ、マンデラ、J・F・ケネディ、フランクロイド・ライト、レイチェル・カーソン、アーネスト・シートン、ジョン・ミューア、ゲーリー・スナイダーなど、分野を越えた様々なリーダーに強い影響を与えてきた。「一市民の反抗」は、ガンディー、キング牧師の市民的不服従へと受け継がれ、政治思想としても貴重な遺産となりつつある。一日一日を何よりも大切に生きた彼の生涯とその著作は、自らの生活を意義あるものとして生きようとする現代の人々に、静かに力強く応えてくれる。

山口晃（やまぐち・あきら）

一九四五年生まれ。慶應義塾大学卒。駒沢大学講師。訳書に、H・S・ソルト『ヘンリー・ソローの暮らし』（風行社）、W・ハーディング『ヘンリー・ソローの日々』（日本経済評論社）、ソロー『一市民の反抗』（文遊社）などがある。

生き方の原則――魂は売らない

発行日　二〇〇七年十二月十二日　第一刷発行
著者　ヘンリー・デイヴィッド・ソロー
訳者　山口晃
発行者　山田健一
発行所　株式会社文遊社
東京都文京区本郷三―二八―九　〒一一三―〇〇三三
電話　〇三（三八一五）七七四〇
http://www.bunyu-sha.jp
装幀　佐々木暁
印刷・製本　株式会社シナノ

ISBN978-4-89257-051-3 Printed in Japan.